ERICH & MONIKA BAUMGARTNER

KRAFTPLÄTZE IN ISTRIEN

ITALIEN – KROATIEN – SLOWENIEN

WIDMUNG

Wir waren im Mai 2019 in Istrien auf einer einwöchigen Abschlussrecherche für dieses Buch unterwegs und konnten dabei viele neue Eindrücke gewinnen. Wir stiegen in Vrsar vom Kraftplatz unseres Coverfotos bei strömendem Regen in den Hafen ab. Wir staunten in Momjan bei strahlendem Sonnenschein über die mächtige Schüttung einer Karstquelle, bei der sich aus einer Felswand zwei armdicke Wasserstrahlen ergossen. Wir diskutierten in Sveti Lovreč bei der Zisterne mit der beeindruckenden „Treppe ins Nichts" über den Verlauf einer Planetenlinie.

Da erreichte uns die Nachricht, dass unser langjähriger Freund ***Ernst Landgraf*** am 23. Mai 2019 beim Abstieg vom Gipfel des Mount Everest auf 8.600 Meter Seehöhe verstorben ist. Er hatte sich damit seinen Traum von der Ersteigung aller „Seven Summits" erfüllt, diesen Sieg jedoch auf tragische Weise mit dem Leben bezahlt. Zum Andenken an Ernst widmen wir ihm dieses Buch.

READ GLOBAL BUY LOCAL

ISBN 978-3-99025-404-2

Layout: freya_art, Alyssa Kamoun
Lektorat: Dorothea Forster
printed in EU

FSC
www.fsc.org
MIX
Papier aus verantwortungsvollen Quellen
FSC® C118234

ERICH & MONIKA BAUMGARTNER

KRAFT PLÄTZE in Istrien

ITALIEN
KROATIEN
SLOWENIEN

Inhalt

Slowenien

Entdecken Sie viele weitere Plätze in Istrien mit der **FREYA-BÜCHER-APP!**

INTERAKTIVES LESEVERGNÜGEN MIT DER **FREYA-BÜCHER-APP!**

Ab sofort können Sie unsere Bücher mit der *kostenlosen* App interaktiv entdecken. Videos, Zusatzinhalte und mehr Informationen aus den Freya Büchern steigern Ihr Lesevergnügen und bieten Ihnen faszinierende Einblicke.

So einfach geht's:

1. Laden Sie die *kostenlose* Freya-Bücher-App im Google Play Store oder im Apple App Store auf Ihr Smartphone oder Ihr Tablet. Dieser QR-Code bringt Sie direkt zum Download!
2. Wählen Sie Ihr Buch aus der Liste in der Freya-Bücher-App aus und drücken Sie auf „Bild scannen". Automatisch wird Ihre Kamera aktiviert.
3. Halten Sie Ihr Smartphone oder Ihr Tablet jeweils über die Bilder in Ihrem Buch, die mit einem kleinen Handysymbol versehen sind.
4. Dann öffnen sich die zusätzlichen interaktiven Elemente von selbst. Schon haben Sie Zugang zu weiteren Informationen und Videos aus dem Buch.

Freya Bücher

Hier die App downloaden

Bilder mit diesem Symbol scannen

Hinweise:

Sollten die Bilder von der App nicht erkannt werden, stellen Sie bitte sicher, dass das Buch ausreichend beleuchtet ist, und verringern Sie gegebenenfalls den Abstand zur Kamera.
Ihr elektronisches Gerät muss mit dem Internet verbunden sein.

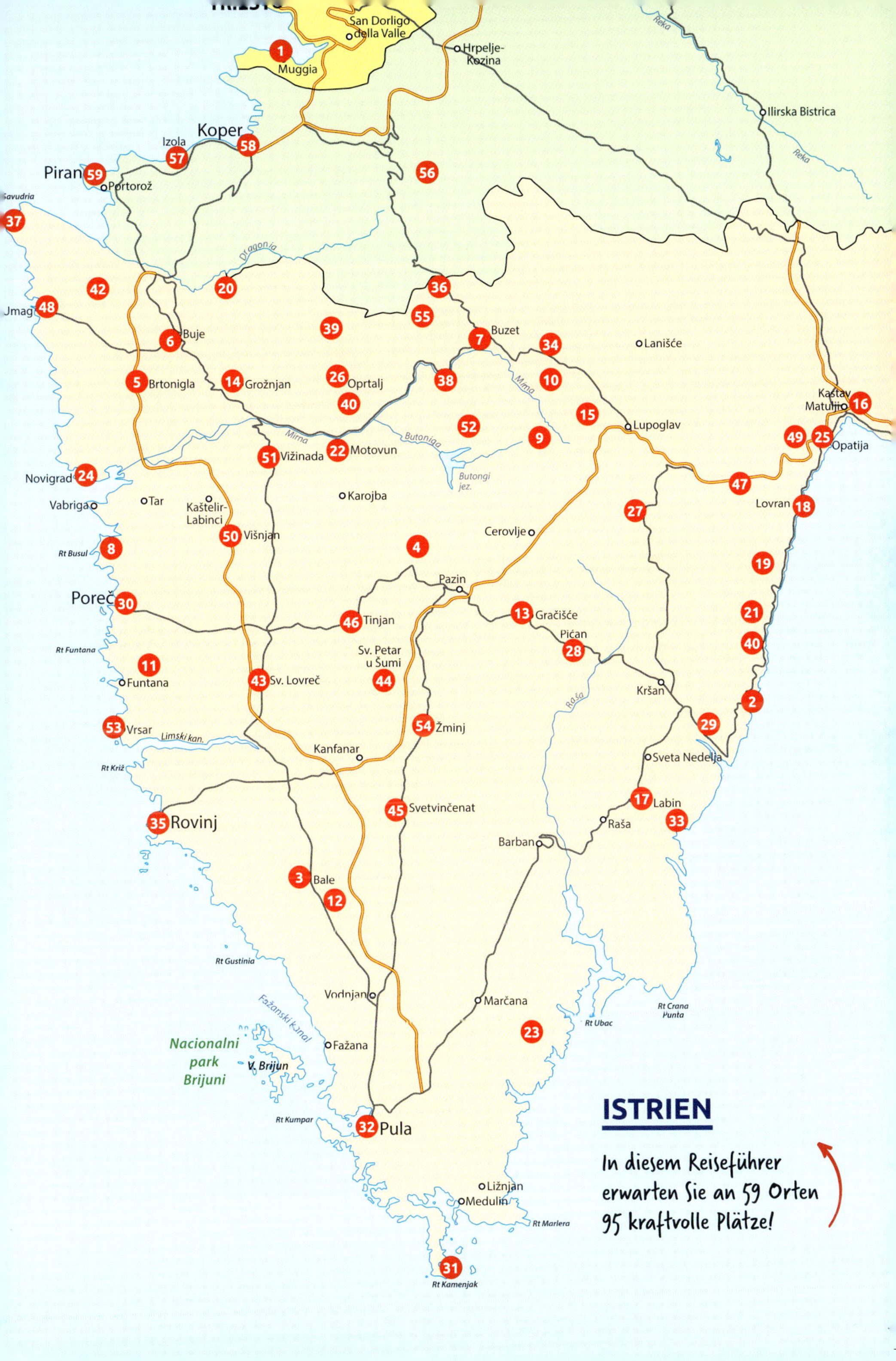

ISTRIEN

In diesem Reiseführer erwarten Sie an 59 Orten 95 kraftvolle Plätze!

WAS IST EIN KRAFTPLATZ?

Versucht man im Internet oder in der Literatur eine Definition für Kraftplatz zu finden, so wird man meist enttäuscht. Mit Ausnahme von unserem 2017 erschienenen Buch ***Außergewöhnliche Kraftorte*** in der Steiermark gibt es dazu scheinbar keine erschöpfenden Erklärungen. Bisher hat sich, aus welchen Gründen immer, niemand die Mühe gemacht, die Hintergründe dieses Begriffs eingehend zu erforschen.

Meist werden Orte, die sich an mystischen oder geheimnisvollen Plätzen befinden und seit vielen Generationen bekannt sind, als Kraftplätze bezeichnet. In jüngerer Zeit haben vor allem die Touristiker verschiedene Orte einfach zu Kraftplätzen erklärt, ohne jedoch über das nötige Hintergrundwissen zu verfügen.

Tatsache ist, dass es sich bei Kraftplätzen in den meisten Fällen um alte, vorchristliche Kultstätten handelt, die jedoch in Vergessenheit geraten sind. Unsere Untersuchungen reichen bis in die Steinzeit zurück, so zum Beispiel in Niederösterreich, wo das Zentrum von 6 500 Jahre alten Kreisgrabenanlagen nach Kraftplätzen ausgerichtet wurde. Sehr viele Kraftplätze verdanken wir den ***Kelten***, wobei eine große Anzahl dieser Kraftplätze bis in unsere Tage von den Christen übernommen wurden. Dabei wurden auf den alten vorchristlichen Kultstätten Kreuze, Bildstöcke, Kapellen oder Kirchen errichtet. Es ist daher nicht verwunderlich, dass viele der in diesem Buch vorgestellten Kraftplätze sich im Bereich von christlichen Kultstätten befinden.

Kraftplätze entstehen durch das Zusammentreffen von drei natürlichen, geologischen Bausteinen, auf die die Menschen keinerlei Einfluss haben. Zwei Bausteine sind bekannt, der dritte Baustein wird den meisten Lesern nicht geläufig sein.

Die drei Bausteine

- *Wasserführende Zonen*
- *Rechtsdrehende Verwerfungen*
- *Planetenlinien*

Diese drei geologischen Bausteine treffen an einem Punkt in einer ganz bestimmten Anordnung zusammen, sodass auf natürliche Art und Weise ein Kraftplatz entsteht.

Falls Sie dazu nähere Informationen benötigen, verweisen wir auf das Kapitel ***„Im Detail“*** am Ende des Buches, in dem wir die von uns entdeckten Zusammenhänge näher erläutern.

Mittlerweile haben wir über ***2 400 Kraftplätze in 16 Staaten Mitteleuropas*** entdeckt, untersucht, fotografiert und in einer Datenbank, die mittlerweile ***50 000 Einträge*** umfasst, dokumentiert. Einen kleinen Teil davon dürfen wir Ihnen im Rahmen dieses Buches auf der Halbinsel Istrien vorstellen.

Mit den drei Bausteinen können wir uns auch an eine Definition für einen Kraftplatz wagen:

Ein Kraftplatz entsteht durch das zufällige Zusammentreffen von drei geologischen Bausteinen, die in einer bestimmten Art angeordnet sein müssen.

Diese Orte wurden zu allen Zeiten von Menschen als Kultstätten verwendet, sie besitzen außergewöhnlich hohe Energiewerte und verfügen über unterschiedliche Heilwirkungen.

WIE WIR KRAFTPLÄTZE FINDEN

Bei unseren Vorträgen, Seminaren oder Buchpräsentationen werden wir oft darauf angesprochen, wie wir diese Kraftplätze finden. Meist ist man der Meinung, dass wir durch die Lande fahren, um danach zu suchen. Über unsere Antwort ist man meist sehr erstaunt, denn die Suche fängt zu Hause am Computer an.

Wenn wir eine Reise planen, beginnt die Recherche auf Google-Earth und ähnlichen Programmen, wobei wir die Kombination von Landkarte mit hinterlegten Fotos bevorzugen. In der Radiästhesie gibt es eine Methode mit der Bezeichnung ***map-dowsing***, das Muten über Karten. Auf Landkarten, Fotos und sogar unmaßstäblichen Strichskizzen sind alle Informationen enthalten, wie wir sie anschließend vor Ort antreffen, so auch die Information über Kraftplätze.

Warum diese Methode funktioniert, weiß man nicht, aber sie klappt ausgezeichnet. Es ist jedoch anzumerken, dass map-dowsing keinesfalls eine Untersuchung vor Ort ersetzen kann und nur einen groben Anhaltspunkt liefert. Bei 2 400 Kraftplätzen in Mitteleuropa haben wir uns noch nie geirrt und die Details werden vor Ort untersucht und dokumentiert.

IHR PERSÖNLICHER KRAFTPLATZ UND TOURISTISCHE HINWEISE

Um sich wohl zu fühlen, muss man nicht unbedingt einen Kraftplatz aufsuchen. Sie können sich auch selbst Ihren ganz persönlichen Kraftplatz gestalten. Sei es im Kreis der Familie bei einem gemeinsamen Essen, einem lauschigen Plätzchen unter Ihrem Lieblingsbaum, auf einem Berggipfel oder mit Freunden bei einer guten Flasche Wein.

Aus diesem Grund haben wir zu jedem Ort ***Touristische Hinweise*** mit einigen Geheimtipps hinzugefügt, um eine besondere Konoba, einen Olivenöl- oder Weinproduzenten oder die Hersteller von besonderen Trüffelspezialitäten bzw. Naturschwämmen vorzustellen. Auch in einer solchen angenehmen Umgebung können Sie sich bei einem netten Gespräch Ihren persönlichen Kraftplatz gestalten.

ISTRIEN

Mit ihren ***3 500 Quadratkilometern*** ragt die Halbinsel Istrien wie ein auf der Spitze stehendes Dreieck in die nördliche Adria zwischen dem Golf von Triest und der Kvarner Bucht. Der Name Istrien leitet sich von der ***Histriern*** ab, die zur Zeit der Antike auf der Halbinsel lebten.

Istrien wird auf drei Staaten aufgeteilt. Der kleinste Teil im Nordosten gehört zu Italien und umfasst die Stadt Muggia. Der nördliche Teil von Istrien bis Piran an der Nordwestspitze ist slowenisches Staatsgebiet. Den größten Anteil von Istrien hat Kroatien inne. Luftlinie beträgt die Entfernung von Muggia im Norden bis zur Südspitze von Istrien beim Kap Kamenjak 95 Kilometer, der Abstand von Savudrija im Nordwesten bis Opatija im Südosten ergibt 66 Kilometer.

Besiedlungsspuren reichen bis in die Steinzeit zurück. In der Antike war Istrien von der Histriern bewohnt, die von den Römern abgelöst wurden. Zur Zeit der Völkerwanderung plünderten die Slawen das Land. Um 800 wurde Istrien für kurze Zeit fränkisch, um anschließend in den Besitz des Patriarchats von Aquileia überzugehen. Im Mittelalter gehörte Istrien zu Bayern, später zu Kärnten. Ab dem Jahr 1291 erlangte die Republik Venedig die Herrschaft über Istrien, die 400 Jahre andauerte. Im Jahre 1919 endete die Herrschaft der Habsburger in Istrien, das anschließend Italien zugeschlagen wurde.

Im Jahre 1975 wurde die Grenze zwischen Italien und Jugoslawien vereinbart. Nach dem Zerfall von Jugoslawien wurden Kroatien und Slowenien ab 1991 unabhängig.

Italien

1 MUGGIA

Die Römer errichteten in Muggia ein Lager, um sich gegen die Angriffe der Histrier zu wehren. Später stand es unter der Herrschaft der Patriarchen von Aquileia und der Venezianer. Unter den Habsburgern entstand die größte Schiffswerft der Monarchie zum Bau von Schlachtschiffen. ***Muggia hat 13 000 Einwohner und ist das einzige Gebiet in Istrien, das zu Italien gehört.***

Dom von Muggia, Campanile

Duomo dei SS. Giovanni e Paolo
Koordinaten 45° 36' 15" N – 013° 46' 03" O

In der Altstadt von Muggia steht der dreischiffige gotische Dom mit seiner elegant geschwungenen Schaufassade. Die Kirche aus dem 15. Jahrhundert wurde auf den Fundamenten eines Gotteshauses aus dem 4. Jahrhundert errichtet. Die Westfront ziert eine filigrane Rosette, in dessen Zentrum sich Maria mit dem Kind befindet. Um eine Verrußung der Kirche zu vermeiden, gibt es ausschließlich elektrische Opferkerzen. Statt einer Wachskerze kauft man ein Stromguthaben. Auch in diesem Bereich hat die Technik Einzug gehalten.

Der östlich an die Kirche angebaute Glockenturm wurde auf einem Kraftplatz errichtet und gibt seine Informationen über die sogenannte Kantenstrahlung an seine Umgebung ab. Nähere Informationen zur Kantenstrahlung finden Sie am Ende des Buches unter ***„Im Detail"***.

Der Campanile überragt die geschwungene Schaufassade des Doms von Muggia.

Touristische Hinweise

*Die **Osteria Belvedere** liegt 1,5 Kilometer südwestlich der Altstadt von Muggia und verwöhnt seine Gäste mit Fischgerichten, Meeresfrüchten, Risotto, Pasta und diversen italienischen Spezialitäten. 160 Meter über dem Meeresspiegel genießen Sie von der überdachten Terrasse einen phantastischen Ausblick auf das nur fünf Kilometer entfernte Triest und das Meer. **Adresse**: Via A. Vivoda 2, 34015 Muggia*

*Östlich von Muggia, am Rande eines Gewerbegebietes, liegt die Firma **Spugnificio Rosenfeld**, eine der ältesten Manufakturen, die sich mit der Verarbeitung von Naturschwämmen aus dem Mittelmeerraum befassen. Nach mehreren Reinigungsvorgängen werden die Schwämme händisch in Form gebracht und leisten sowohl in der Körperpflege als auch den Malern gute Dienste. **Adresse**: Spugnificio Rosenfeld, Strada per i Laghetti 5, 34015 Muggia, **www.rosenfeld.it***

Kroatien

❷ BAĆI

Kapelle hl. Katharina (Sv. Katarina)

52234 Zagorje, Baći

Koordinaten Kapelle *45° 09′ 08″ N – 014° 13′ 20″ O*

Fährt man auf der Küstenstraße Nr. 66 von Opatija in südwestlicher Richtung nach Labin, so zweigt bei Zagorje die breit ausgebaute Straße Nr. 402 Richtung Meer ab. Die Höhendifferenz von 250 m wird durch mehrere Kehren überwunden. Im Frühjahr wächst an den Straßenböschungen der begehrte wilde grüne Spargel, der sich hervorragend für Pasta und Risotto eignet. Die Straße führt in den Fährhafen Brestova, von wo eine Autofähre der Jadrolinija-Linie die Passagiere in 20 Minuten zum 5 km entfernten Hafen Porozina auf der Insel Cres bringt.

Etwa auf halber Strecke bei der Fahrt zum Meer erblickt man östlich der Straße die kleine Ortschaft Baći, die sich um einen Hügel schmiegt. Am besten lässt man sein Fahrzeug noch vor dem Ort stehen und geht einige Schritte durch den kleinen Weiler, bevor man nach links auf einen Weg abzweigt, der in Serpentinen zur kleinen Kapelle der hl. Katharina am höchsten Punkt des Hügels führt. Beim letzten Holzmast vor der Kapelle steht ein riesiger Kaktus am linken Wegrand. Der prächtige Ausblick auf die Kvarner Bucht reicht bis ins 25 km entfernte Rijeka und lohnt den Aufstieg allemal.

Leider nagt der Zahn der Zeit an der Kapelle, die von einem kleinen Glockenturm gekrönt ist. Der Kraftplatz befindet sich im Schnittpunkt der Diagonalen des befestigten Vorplatzes, der teilweise von Mauern umgeben ist. Diese Position des Kraftplatzes wird uns noch bei einigen Kapellen begegnen, wobei bei diesen die Überdachung des Vorplatzes noch vorhanden ist. Am 25. November findet jährlich eine Wallfahrt zur Kapelle statt.

Die Kapelle der hl. Katharina in Baći in aussichtsreicher Lage.

Touristische Hinweise

Leider gibt es in Baći keine entsprechende Gastronomie. Fährt man auf der Straße Nr. 66 weiter Richtung Plomin und zweigt in Plomin nach links ab, so erreicht man nach insgesamt zwölf Kilometern den kleinen Ort Plomin Luka, in dem sich auch das Steinkohlekraftwerk mit dem 340 m hohen Schornstein befindet. Im modern eingerichteten ***Restoran Bukaleta*** *mit Wintergarten und Terrasse werden große Portionen an Fisch-, Fleisch- und Pastagerichten serviert.*

Adresse*: Plomin Luka 15, 52234 Plomin Luka*

BLICK AUF DIE INSEL CRES UND DIE KVARNER BUCHT.

3 BALE

Das mittelalterliche Städtchen Bale mit 1 100 Einwohnern liegt 12 Kilometer südöstlich von Rovinj. Die Altstadt wurde in zwei konzentrischen Kreisen auf einem kegelförmigen Hügel errichtet. Im Altertum lag es an der Römerstraße von Pula nach Triest. Vom 14. bis in das 18. Jahrhundert stand der Ort unter dem Einfluss von Venedig. Bale ist offiziell zweisprachig, denn es wird kroatisch und italienisch gesprochen.

Pfarrkirche Selige Jungfrau Maria (Blažena Djevica Marija)

Campanile, 52211 Bale, Castel ulica 96
Koordinaten 45° 02' 27" N – 013° 47' 12" O

Die neobarocke Pfarrkirche von 1880 ist der Seligen Jungfrau Maria geweiht und wurde auf den Fundamenten einer Kirche aus dem 9. Jahrhundert errichtet. Der hl. Julian (Sveti Julijan) ist der Schutzpatron der Stadt und wurde in einem Sarkophag in der Krypta bestattet. Der freistehende Campanile befindet sich westlich der Kirche und weist folgende Besonderheit auf, die uns noch mehrmals begegnen wird: Der Campanile wurde direkt auf einem Kraftplatz erbaut. Da der Turm jedoch nicht frei zugänglich ist, kann man nicht zum Kraftplatz im Zentrum des Turmes gelangen. In diesem Zusammenhang hilft uns das Phänomen der Kantenstrahlung (siehe dazu Seite 203). Es genügt, wenn Sie sich an eine gerade Kante des Uhrturmes stellen, um in den Genuss der Informationen und Energien des Kraftplatzes zu kommen.

Der Campanile der Pfarrkirche Selige Jungfrau Maria in Bale

Park Histria aromatica, Smokvina Höhle – Feigenbaum

52211 Bale, Golaš, Pižanovac bb

***Koordinaten Parkplatz** 45° 04' 18" N – 013° 45' 56" O*

Der Park Histria aromatica liegt 10 Kilometer östlich von Rovinj, 1,5 Kilometer südwestlich von Golaš und 4 Kilometer nördlich von Bale, umgeben von Macchie, und ist am leichtesten über die Eingabe der Koordinaten in das Navigationsgerät zu finden.
Der Zagreber Biokosmetikproduzent ***Boris Filipaj*** hat es sich zur Aufgabe gemacht, inmitten der Einöde mit hohem Finanzaufwand und über viele Jahre einen Themenpark als duftendes Naturparadies für alle Sinne zu schaffen. Mehr als 1 000 LKW-Ladungen Erde waren notwendig, um auf einer Fläche von 25 Hektar zwischen Natursteinmauern Olivenbäume, Weinreben und 300 Gewürz-, Heil- und Aromapflanzen sowie 250 Wildpflanzen anzusiedeln.

Bereits beim Haupteingang, dessen schmiedeeisernes Tor mit floralen Elementen äußerst kunstvoll ausgestattet wurde, bietet sich dem Besucher ein atemberaubender Blick. Eine Allee aus Säulenzypressen, die in den azurblauen Himmel ragen, säumt den unbefestigten Weg, der auf einen Hügel führt. An der Nordseite des Weges sind die in Etagen angelegten Heilkräuterfelder von Trockensteinmauern eingefasst, zwischen denen unzählige Wildpflanzen gedeihen. An der Südseite der Zufahrt wurden ein Weingarten sowie Olivenbäume gepflanzt.

Etwa 120 Meter vom Eingang entfernt, entdeckt man auf der linken Seite eine runde Natursteinmauer, aus der zur Hälfte eine Baumkrone ragt. Bei näherer Betrachtung bemerkt man eine Öffnung in der Mauer und einen mächtigen Feigenbaum. Erst beim Durchschreiten der Toröffnung wird einem bewusst, vor einem außergewöhnlichen

Der 120 Jahre alte Feigenbaum steht in sieben Metern Tiefe auf einem Kraftplatz.

Naturwunder zu stehen. Aus der sieben Meter tiefen Smokovina Höhle wächst ein über 120 Jahre alter Feigenbaum. Um die Doline wurde aus Natursteinen eine Art Amphitheater errichtet. Über eine Stahlstiege gelangt man entlang der Äste des Feigenbaumes in das kühle Dunkel der Höhle. Am Boden der Höhle wurde der Feigenbaum nochmals mit einer Mauer eingefasst, die mit Erde befüllt wurde, um ihm optimale Lebensbedingungen zu bieten.

Natursteinmauern mit Blumen säumen den Wegrand.

Der Stamm des Feigenbaumes steht genau auf einem Kraftplatz. Bei dieser Höhle handelt es sich außerdem um eine alte, vorchristliche Kultstätte. Vom Baumstamm führt eine 13-fache Geomantie (siehe dazu Seite 201 f.), die von Menschenhand errichtet wurde, Richtung Osten.

Nach diesem beeindruckenden Ausflug in die Unterwelt ist es an der Zeit, dem von Zypressen gesäumten Weg in einem Rechtsbogen bis zum höchsten Punkt zu folgen. Dort erwartet den Liebhaber von perfektem Natursteinmauerwerk ein wahres Feuerwerk dieser Handwerkskunst. Die großzügige Anlage umfasst ein Restaurant, ein Museum, ein Shop, einen Multimedia-Saal und ein Labor und alles einschließlich der Außenanlagen aus wunderschönen Natursteinen. Vom Vorplatz des Restaurants genießt man bei istrischem Prosciutto und Käse mit Oliven sowie einem einheimischen Wein einen traumhaften Blick auf das in westlicher Richtung zehn Kilometer entfernt gelegene Rovinj und das Meer.

Auf dem Rückweg erfreut man sich nochmals an der vielfältigen Blütenpracht sowie am Duft der Blumen, verliert sich im Fernblick über die weite Ebene und erkennt im Nordosten die markanten Umrisse des Učka-Gebirges.

Touristische Hinweise

*Neben dem im Landhausstil eingerichteten Restaurant hat die **Konoba Istra** ihren Gästen auch eine überdachte Terrasse mit Blick auf Bale zu bieten. Vom freundlichen Personal werden typisch istrische Fleisch- und Fischspezialitäten serviert. Daneben gibt es auch herrliche Pastagerichte mit Trüffeln und dazu die passenden Weine.*

***Adresse:** Trg La Musa 18, 52211 Bale*

4 BERAM

Das kleine mittelalterliche Dorf Beram mit seinen 250 Einwohnern liegt drei Kilometer nordwestlich von Pazin auf einem Hügel und wird von der Kirche des hl. Martin überragt. Weltgeltung errang der kleine Ort durch seine gotische Friedhofskirche mit Fresken aus dem Jahre 1474. Der Hügel vom Beram war bereits zur Bronzezeit besiedelt.

Friedhofskirche hl. Maria auf den Steintafeln (Sv. Marija na Škriljinah), Stele

Koordinaten Stele beim Parkplatz
45° 15' 23" N – 013° 54' 24" O

Nachdem die Friedhofskirche von Beram keine Postadresse besitzt, ist es ratsam, für eine Anreise die Koordinaten in das Navigationsgerät einzugeben. Die Friedhofskirche Hl. Maria auf den Steintafeln (Sv. Marija na Škriljinah) liegt 700 Meter nordöstlich von Beram. Von der Ortschaft führt die Straße anfangs sehr steil in das kleine Tal, in dem die Kirche verborgen im Wald steht. Da die Kirche meist versperrt ist, ist es ratsam, sich vorher bei Sonja Šestan, Beram 38, anzumelden, die den Schlüssel für die Kirche hat. In der Hochsaison ist Frau Šestan mit ihrem roten Renault R 4 meist vor Ort.

Die kleine Friedhofskirche hl. Maria auf den Steintafeln in Beram.

Meister Vincent aus Kastav schuf 1474 auf 46 Fresken den berühmten Totentanz. Der Hintergrund ist die im 14. Jahrhundert in Europa wütende Pest. Auf weiteren Fresken werden die Heiligen Drei Könige sowie Heilige und Kirchenväter dargestellt. Das Pendant dazu schuf sein Sohn Johannes aus Kastav 1490 in der Kirche von Hrastovlje in Slowenien. In der Kirche darf ohne Blitz fotografiert werden.

Ähnlich wie in Hrastovlje, befindet sich auch in der Friedhofskirche von Beram kein Kraftplatz. Allerdings wurde an der Weggabelung vor der Kirche eine Stele mit dem Abbild von Meister Vincent aus Kastav errichtet. Diese Stele wurde genau nach einem Kraftplatz ausgerichtet und ist jederzeit zugänglich.

Stele mit dem Abbild von Vincent aus Kastav auf einem Kraftplatz.

Touristische Hinweise:

*Das unverputzte Natursteinmauerwerk kontrastiert mit den modernen Tischen und Stühlen mit den geschwungenen Beinen in der **Konoba Vela Vrata**, am östlichen Ortsende von Beram gelegen. Im Außenbereich gibt es eine überdachte Terrasse, die einen Ausblick auf die Friedhofskirche von Beram erlauben würde, wäre diese nicht hinter Bäumen verborgen. Die Küche liefert selbst gemachte Nudeln und Steaks mit Trüffeln, istrische Gerichte und Schokoladekuchen als Dessert. Tischreservierung wird empfohlen.*

***Adresse:** Beram 39, 52000 Beram, https://www.facebook.com/pages/Konoba-Vela-Vrata/114022638750743?_rdc=1&_rdr*

EIN AUSSCHNITT AUS DEM TOTENTANZ VON VINCENT AUS KASTAV.

5 BRTONIGLA

Das Hügeldorf Brtonigla mit seinen 1 600 Einwohnern liegt neun Kilometer nordöstlich von Novigrad in einer geologisch sehr interessanten Zone. In den Weingärten verbinden sich die vier istrischen Bodenarten der weißen, grauen, schwarzen und roten Erde. Die weiße Erde von den Hängen des Učka-Gebirges, das graue Flyschgebiet aus Zentralistrien, die fruchtbare schwarze Erde und die rote Erde, ***terra rossa*** genannt. In diesem einzigartigen Terroir gedeiht die 2 000 Jahre alte Weißweinsorte Malvasia Istriana.

Kirche hl. Zenon (Sv. Zenon), Brunnen

Koordinaten 45° 22' 43" N – 013° 37' 34" O

Am höchsten Punkt von Brtonigla steht die Kirche hl. Zenon. Unmittelbar an die Nordseite der Kirche schließt ein kleiner Park an, in dessen Zentrum sich ein achteckiger Marmorbrunnen befindet. Auf einem schmiedeeisernen Bogen ist ein Klobenrad mit Eimer befestigt. Der Brunnen wurde auf einem Kraftplatz errichtet.

Von der vier Kilometer südöstlich gelegenen Ortschaft Fiorini führt ab der Kapelle Sveti Josip Radnik eine 13-fache Geomantie (siehe dazu Seite 201 f.) zum Brunnen.

Touristische Hinweise

Sie können natürlich das berühmte Restaurant im ***San Rocco Hotel*** *im Zentrum von Brtonigla besuchen. Falls Sie jedoch auf einer Terrasse inmitten von Weingärten mit Blick auf Brtonigla und das Meer Ihre istrischen Spezialitäten genießen möchten, sind Sie in der* ***Konoba Morgan*** *bestens aufgehoben. Ein edles Restaurant in Verbindung mit freundlicher Bedienung macht Ihr Essen zu einem außergewöhnlichen*

Erlebnis. Die Konoba Morgan liegt eineinhalb Kilometer nordöstlich von Brtonigla.
***Adresse:** Bracanija 1, 52474 Brtonigla, www.konobamorgan.eu*

*Auf Ihrem Weg zur Konoba Morgan liegt das **Veralda winery**. Mit seinen 33 Hektar Rebfläche gehört das Weingut zu den größten Weingütern in Istrien. Der Weinkeller ist mit der Spitzentechnologie aus der Welt der Weinproduktion ausgestattet. Im Weinverkostungsraum mit Restaurant können neben erstklassigen Grand-Cru-Weinen auch ein Rosé aus der Rebsorte Teran und ein prämierter Malvasia verkostet werden. Zusätzlich wird Olivenöl der Spitzenklasse aus eigener Produktion angeboten.*
***Adresse**: Kršin 4, 52474 Brtonigla, https://www.veralda.hr/index.php/en/*

Nördlich der Kirche des hl. Zenon steht der achteckige Marmorbrunnen.

6 BUJE

Die Stadt Buje mit ihren 5 000 Einwohnern liegt zwölf Kilometer nordöstlich von Novigrad in aussichtsreicher Lage auf einem Hügel und ist seit der Steinzeit bewohnt. Die Römer errichteten eine Festung, die von den Venezianern wieder abgetragen wurde. Die Gegend ist bekannt für ihren Wein- und Olivenanbau.

Platz vor der Kirche hl. Servul (Sv. Servolo)

Längenmaß, Steinerne Bank, Trg Sveti Servula
Koordinaten 45° 24' 37" N – 013° 39' 22" O

Am höchsten Punkt von Buje wurde die einschiffige barocke Pfarrkirche des hl. Servul auf den Fundamenten eines römischen Tempels errichtet. Die Weite des Kirchenraumes und die kunstvolle Innenausstattung lohnen in jedem Fall einen Besuch. Westlich der Kirche steht der 48 Meter hohe Campanile, der dem von Aquileia nachempfunden wurde. Geht man einige Schritte vom Campanile in südliche Richtung, gelangt man zu einem Steinquader mit einem Holzmast, an dessen Südseite der venezianische Löwe prangt. Dieses interessante Bauwerk wurde nach einem Kraftplatz ausgerichtet. Einerseits dient der Steinquader als Halterung für einen Fahnenmast, andererseits ist er seit dem 16. Jahrhundert ein Längenmaß. Man erkennt dies an den beiden fix montierten Eisenstangen an der Nordseite.

Das Längenmaß mit Fahnenstange wurde auf einem Kraftplatz errichtet.

Von der Steinbank im Schatten kann man den Ausblick auf die Kirche hl. Servul genießen

Einige Schritte weiter südlich des Steinquaders steht meist im Schatten der Gebäude eine steinerne Bank auf zwei Säulen. Vor hier kann man den Ausblick auf die Kirche mit dem prächtigen Eingangsportal und den Campanile genießen. Die steinerne Bank wurde auf einem Kraftplatz errichtet und ist gut geeignet, nach einer anstrengenden Stadtbesichtigung frische Kräfte zu schöpfen. Bei jedem Kraftplatz gibt es auch eine Zeitnische (siehe dazu Seite 202), in die man sich hineinfühlen kann. Dabei vermag es zu Verschiebungen im Zeitempfinden zu kommen.

Pizzeria Konoba San Leonardo, Zürgelbaum

52460 Buje, Trg Slobode 6A

***Koordinaten** 45° 24' 36" N – 013° 39' 20" O*

Im Schatten des mächtigen Zürgelbaumes kann man sehr gut rasten

Auf dem Vorplatz vor der Pizzeria Konoba San Leonardo, in der man herrliche istrische Küche und ofenfrische Pizzen genießen kann, steht zwischen Tischen und Bänken ein Europäischer Zürgelbaum (Celtis australis) auf einem Kraftplatz. Da die in Mitteleuropa häufig vorkommende Linde mit ihren verschiedenen Funktionen als Dorflinde, Tanzlinde oder Gerichtslinde auf Grund der höheren Temperaturen in Istrien fast nicht mehr zu sehen ist, hat diese Aufgabe der Zürgelbaum übernommen.

Auf vielen Dorf- oder Kirchplätzen stehen ein oder mehrere Zürgelbäume und wie wir noch sehen werden, befinden sich viele davon auf Kraftplätzen. Der Zürgelbaum ist das Symbol der Region Istrien. Im Herbst trägt der Zürgelbaum rotbraune Früchte, aus denen in Südtirol Mehlspeisen hergestellt werden. Funde beweisen, dass die Früchte bereits vor 20 000 Jahren verwendet wurden. Das hart-elastische Holz wird zum Bau von Musikinstrumenten oder Rudern verwendet. In der warmen Jahreszeit lässt sich im Schatten des mächtigen Zürgelbaumes vor der Konoba San Leonardo sehr gut rasten und speisen.

Touristische Hinweise

Vom hl. Servul hat sich offenbar die nur zwei Kilometer nordöstlich von Buje gelegene erste Privatbrauerei Istriens namens ***San Servolo*** *inspirieren lassen. Die Biersorten werden nach dem bayerischen Reinheitsgebot von 1516 gebraut. Der Familienbetrieb umfasst ein Bierhaus mit integrierter Brauerei und Pub. An Wochenenden werden heimische Gerichte zu den verschiedenen Biersorten serviert.*
Adresse*: Momjanska ulica 7, 52460 Buje, www.bujska-pivovara.com*

Vier Kilometer nordöstlich von Buje liegt das schmucke ***Weingut Kabola*** *in malerischer Lage, das neben den bekannten Sorten Teran und Malvazija eine besondere Spezialität anbietet, nämlich Amphorenwein. Bei diesem Verfahren wird der Wein in einem Tongefäß ausgebaut, wie es seit der Antike in Georgien angewandt wird. Bei Weinproben kann auch das hauseigene Olivenöl verkostet werden.*
Adresse*: Kanedolo 90, Momjan, 52460 Buje, www.kabola.hr*

Ein Blick in die Kirche hl. Servul.
Die Kanzel steht auf einem Platz
der Beredsamkeit.

7 BUZET

Buzet liegt 32 Kilometer nordöstlich von Novigrad im oberen Mirnatal, wobei die Altstadt auf einem Hügel errichtet wurde, der bereits in der Bronzezeit besiedelt war. In Buzet wohnen 6 100 Einwohner. Die ersten Herrscher waren die Römer, es folgten die Patriarchen von Aquileia, die Venezianer und die Habsburger. Buzet wird auch als die Stadt der Trüffel bezeichnet.

Haus Ulica Titov Trg 1, Wappenmosaik

Koordinaten 45° 24' 23" N – 013° 58' 06" O

Vom Mirnatal kommend, gelangt man über eine enge und serpentinenreiche Straße zur Pfarrkirche Maria Himmelfahrt in die Ulica Titov Trg. Vor dem Eingang zum Amtsgebäude mit der Hausnummer 1 befindet sich ein Bodenmosaik aus hellen und dunklen Steinen, welches das Stadtwappen von Buzet darstellt. Der Mittelpunkt des Wappens wurde nach einem Kraftplatz ausgerichtet. Obwohl auf Grund der engen Straßenverhältnisse mit keinem großen Verkehrsaufkommen zu rechnen ist, ersuchen wir Sie, wenn Sie sich auf den Kraftplatz stellen, trotzdem auf den Verkehr zu achten.

Vor dem Amtsgebäude wurde ein Mosaik in Form des Wappens von Buzet errichtet.

Marktplatz, Zisternenbrunnen

Koordinaten 45° 24' 24" N – 013° 58' 08" O

Folgt man vom Wappenmosaik dem schmalen Gässchen in nordöstlicher Richtung, so gelangt man nach etwa 100 Metern auf den Trg velike Šterne, auf dem ein besonderes Bauwerk steht, das uns noch einige Male begegnen wird. Im Jahre 1789 ließ der Stadtkapitän Antonio Trevisan im Barockstil einen prächtig verzierten Zisternenbrunnen errichten. Auf Grund der großen Wasserknappheit wurde ein Teil des Platzes befestigt und eingefasst, auf dem das Regenwasser gesammelt wurde. Über Öffnungen in den Steinplatten gelangte das Wasser in die darunterliegende Zisterne. Über einfache Sandfilter am Rand der Zisterne erfolgte eine gewisse Reinigung des Wassers, das sich in der Mitte der Zisterne sammelte und über den darüberliegenden Brunnen entnommen werden konnte. Dieser Brunnen wurde

Die Zisterne im Barockstil stammt aus dem Jahr 1789.
Der Brunnen steht auf einem Kraftplatz.

genau über einem Kraftplatz errichtet, was den positiven Nebeneffekt hatte, dass das Wasser länger frisch blieb. Fast alle untersuchten Zisternenbrunnen in Istrien wurden auf Kraftplätzen errichtet.

Wir haben versuchsweise Wasser aus einer Quelle bei St. Lorenzen im Mürztal, die über einem Kraftplatz entspringt, mehrere Jahre bei Zimmertemperatur in einer Kunststoffflasche gelagert. Das Wasser ist noch immer frisch und zeigt keinerlei Trübungen.

Touristische Hinweise

Knapp vor der letzten steilen Auffahrt zum Wappenmosaik liegt auf der rechten Seite das ***Hotel Vela Vrata*** *mit einem wunderbaren Restaurant. Der Chefkoch kreiert seine Menüs aus frischen, lokalen Lebensmitteln wie Boškarin, Spargel, Trüffeln, Pilzen, Käse und Olivenöl und serviert sie in Verbindung mit autochthonen Qualitätsweinen. Der Blick von der Außenterrasse auf das Mirnatal steigert noch den Genuss.* ***Adresse****: Šetalište Vladimira Gortana 7, 52420, Buzet, www.velavrata.net/de*

Die ***Brennerei Aura*** *liegt nördlich der Altstadt von Buzet im Tal an der Straße Nr. 44 und stellt verschiedene Sorten von Bränden und Konfitüren aus wild wachsenden Heilkräutern und Wildfrüchten her. In der 600 m² großen Brennerei können Besucher die Herstellung der Produkte bis zur Verpackung mitverfolgen. Das Motto der Brennerei Aura lautet: „Von Hand gepflückt, mit Liebe zubereitet".*
Adresse*: 2. Istarske brigade 2/1, 52420 Buzet, www.aura.hr/de*

Etwa eineinhalb Kilometer westlich vom Stadtzentrum von Buzet liegt an der Straße Nr. 44 das kleine, aber feine Unternehmen ***Naturatartufi****, das eine reiche Palette von Produkten aus Trüffeln anbietet. Im Verkostungsraum können die Köstlichkeiten probiert werden und es besteht auch die Möglichkeit, sich selbst auf die Jagd nach Trüffeln zu begeben.* ***Adresse****: Srnegla 21, 52420 Mala Huba, www.naturatartufi.com*

8 ČERVAR-PORAT

Fünf Kilometer nördlich von Poreč liegt die Ortschaft Červar-Porat geschützt in einer kleinen Bucht mit einer Marina für 450 Schiffe. Der Ort ist völlig auf Tourismus ausgerichtet. Im Nordwesten von Červar-Porat gibt es noch Überreste einer römischen Therme.

Kapelle hl. Anna (Sv. Ana), Stufe

Koordinaten 45° 16' 09" N – 013° 35' 33" O

750 Meter südwestlich des Ortszentrums vom Červar-Porat steht in malerischer Lage an einer unbefestigten Straße eine Kapelle, die der hl. Anna geweiht ist. Im Gegensatz zu vielen anderen Kapellen in Istrien verfügt sie über keinen überdachten Vorplatz. Überragt wird die Kapelle von einem Glockenturm mit zwei Glocken. Auf Grund der einsamen Lage ist die Kapelle versperrt. Der Kraftplatz befindet sich in der Mitte der steinernen Türschwelle. Grundsätzlich weisen Kirchenschwellen stark ableitende Eigenschaften auf, diese ist jedoch die berühmte Ausnahme. Nähere Informationen zu Kirchenschwellen finden Sie am Ende des Buches unter ***„Im Detail"***.

Touristische Hinweise

*Das Restaurant **Seafood Ribarica** in Červar-Porat sieht von außen eher unscheinbar aus, doch ein Platz auf der Terrasse mit Blick direkt auf den kleinen Hafen entschädigt dafür. Die Küche bietet alles, was das Herz eines Fischliebhabers höher schlagen lässt, aber es stehen auch Pastagerichte und Süßspeisen auf der Karte.*
***Adresse**: Park Maestral 4, 52440 Červar-Porat.*

Der Kraftplatz befindet sich in der Mitte der Türschwelle der Kapelle hl. Anna.

9 DRAGUĆ

Die kleine Ortschaft Draguć liegt etwas westlich einer kurvenreichen Bergstraße, die von Buzet nach Cerovlje führt, auf einer Seehöhe von 350 Meter und beherbergt 35 Einwohner. Sie befindet sich acht Kilometer südlich von Buzet. Trotzdem wird sie als das Hollywood Istriens bezeichnet, da auf Grund des mittelalterlichen Aussehens der Ortschaft in den 1970er-Jahren mehrere Filme, darunter mit Karl Malden, hier gedreht wurden.

Ortsplatz, Steintisch

Koordinaten 45° 19' 56" N – 014° 00' 10" O

In der Mitte des unbefestigten Ortsplatzes steht ein Brunnen, der von zwölf Steinquadern umgeben ist. In südlicher Richtung überragt ein mächtiger Zürgelbaum alle Gebäude. Unter diesem Baum steht ein steinerner Tisch, der auf einem Kraftplatz errichtet wurde. Von der Befestigungsmauer hat man einen schönen Tiefblick auf die bewaldeten Schluchten. Von der Westecke des Ortsplatzes führen einige Stufen auf eine Aussichtsplattform, die früher Teil der Befestigung war.

Touristische Hinweise

*Am südlichen Ortsrand von Cerovlje liegt die **Konoba-Pizzeria 2. PERON** – sechs Kilometer südlich von Draguć – und bietet neben einem modernen Gastraum auch eine überdachte Terrasse. Nach Omas Rezepten gibt es istrische Tellergerichte und Köstlichkeiten von Steinpilzen, Wildspargel, Trüffel, Schinken und Käse. Die Zubereitung erfolgt am offenen Kaminfeuer. Nudelgerichte, Pizzen und Steaks dürfen auch nicht fehlen. **Adresse**: Cerovlje 6, 52402 Cerovlje, www.konoba-pizzeria2peron.com*

Am Ortsplatz von Draguć steht der steinerne Tisch auf einem Kraftplatz.

⑩ FORČIĆI

Der kleine Weiler Forčići liegt zwischen Roč und Hum an der Glagolitischen Allee, die von Norden nach Süden über eine Strecke von sechs Kilometern verläuft.

Glagolitische Allee, Tisch des Kyrill und Method

Koordinaten 45° 22' 53" N – 014° 02' 30" O

Die Brüder Kyrill und Method stammten aus Thessaloniki, betrieben die Missionierung der slawischen Völker im 9. Jahrhundert und erfanden das glagolitische Alphabet, aus dem sich die kyrillische Schrift entwickelte.

Entlang der Glagolitischen Allee schuf der Bildhauer Želimir Janeš Steinskulpturen, die in elf Stationen an die Entwicklung der glagolitischen Schrift erinnern. Nördlich des Weilers Forčići steht westlich der Straße, die von Roč nach Hum führt, der Tisch des Kyrill und Method. Die steinerne, runde Tischplatte ruht auf drei mächtigen Beinen. In den Tisch sind in lateinischer, kyrillischer und glagolitischer Schrift die Worte STOL KIRILA I METODIJA eingemeißelt. Der steinerne Tisch wurde genau auf einem Kraftplatz errichtet. Von zwei gepflanzten Zypressen hinter dem Tisch hat nur eine überlebt.

Touristische Hinweise

In der urigen Gaststube mit den unverputzten Natursteinmauern der ***Konoba Valter-Kolinasi*** *wird herzhafte Regionalküche serviert. Neben istrischem Schinken, Pasta und Wildgerichten sind Speisen vom Grill die Spezialität des Hauses. In der warmen Jahreszeit werden die Gäste auf der überdachten Terrasse verwöhnt.* ***Adresse****: Konoba Valter-Kolinasi, Kolinasi, 52425 Roč (da es keine navifähige Adresse gibt, hier die Koordinaten: 45° 23' 15" N – 014° 02' 63" O)*

Der Tisch des Kyrill und Method; im Hintergrund auf einem Hügel die Ortschaft Roč.

11 FUŠKULIN

Kirche hl. Rochus (Sv. Rok), Zypresse

Koordinaten 45° 10' 57" N – 013° 38' 46" O

Die kleine Ortschaft Fuškulin liegt sechs Kilometer südöstlich von Poreč und ist von Weingärten umgeben. Rund um Fuškulin befinden sich mehrere 4 000 Jahre alte Grabhügel aus Bruchsteinen aus der Bronzezeit, die Gomila genannt werden.

Auf einer kleinen Anhöhe steht die Kirche hl. Rochus mit einem freistehenden Campanile. Auf Höhe des Uhrturms befindet sich ein zypressenähnlicher Baum (die Botaniker unter Ihnen mögen uns verzeihen) auf einem Kraftplatz.

Touristische Hinweise

Wenn Sie eine tolle Weinverkostung mit Schinken und Käse zusammen mit einer herzlichen Betreuung erleben möchten, sind Sie bei ***Damjanić vina*** *genau an der richtigen Adresse. Für eine Keller- und Weinbergtour ist eine Anmeldung per E-Mail anzuraten.*

Adresse*: Fuškulin 50, 52440 Poreč, www.damjanic.eu (informative, siebensprachige Homepage)*

Der zypressenähnliche Baum vor der Kirche steht auf einem Kraftplatz.

12 GAJANA

Das kleine Dorf Gajana gehört zur Gemeinde Vodnjan und hat 172 Einwohner. In der Umgebung von Vodnjan gibt es die größte Dichte an Kažuni im Mittelmeerraum. Ein Kažun ist ein rundes, seltener ein eckiges kleines Gebäude aus Trockenmauerwerk mit einer kuppelförmigen Steindecke, das den Hirten als Unterschlupf und zur Aufbewahrung von Werkzeugen diente.

Kirche hl. Fusca (Sv. Foška)

Koordinaten 44° 58' 43" N – 013° 47' 19" O

Die kleine dreischiffige Kirche Sveti Foška aus dem 12. Jahrhundert, die im freien Gelände umgeben von Macchia und Olivenbäumen errichtet wurde, ist am sichersten über die Eingabe der Koordinaten in das Navigationssystem zu finden. Der letzte Teil der Straße ist unbefestigt, Parkflächen sind genügend vorhanden. Im Kircheninneren gibt es Fragmente von Wandmalereien. Die Größe der von Arkaden umgebenen, nicht überdachten Vorhalle zeigt die Bedeutung der Kirche als Wallfahrtsort. Es gibt immer wieder unbestätigte Berichte über unterschiedliche Heilungen an diesem Ort. Die Autokennzeichen der geparkten Fahrzeuge aus Kroatien, Italien und Slowenien weisen auf ein großes Einzugsgebiet der Besucher hin. Der Kraftplatz befindet sich im Schnittpunkt der Diagonalen der Vorhalle, wie bei ähnlichen Bauwerken in Istrien. Im Kircheninneren gibt es keinen Kraftplatz. Jeweils am ersten Sonntag des Monats wird am Nachmittag eine Messe abgehalten, dann ist auch ein Zutritt in das relativ desolate Kircheninnere möglich.

Der Kraftort befindet sich in der Mitte der nicht überdachten Vorhalle der Kirche.

Kreuz bei Kirche hl. Fusca (Sv. Foška)

Koordinaten 44° 58' 43" N – 013° 47' 20" O

Auf der Südseite der Kirche steht ein schlichtes Holzkreuz, davor ein halbkreisförmiges Blech zum Aufstellen von Kerzen. Das Kreuz ist über und über mit Rosenkränzen behängt, die Wallfahrer offensichtlich aus Dankbarkeit hier hinterlassen haben. Das Kreuz wurde genau auf einem Kraftplatz errichtet.

Das schlichte Holzkreuz ist mit Rosenkränzen behängt.

Touristische Hinweise

*Beim Kreisverkehr nördlich von Vodnjan und westlich der Straße Nr. 21 wurde ein **Kažun-Park** errichtet. Der Trockensteinbau erfolgt durch das Aufeinanderlegen von Steinen ohne Mörtelverbindung. Im Kažun-Park wird die Konstruktion eines Kažun in vier Bauabschnitten gezeigt, nämlich das Fundament, das Mauerwerk, die Dachkonstruktion und die endgültige Fertigstellung. **Adresse**: Da es keine eindeutige Adresse gibt, hier die Koordinaten: 44° 58′ 05″ N – 013° 50′ 45″ O*

EIN ORIGINAL ERHALTENER KAŽUN IN DER NÄHE VON GAJANA.

Der Campanile der Kirche hl. Vitus wurde auf einem Kraftplatz errichtet.

BILD 1

HANDGESCHMIEDETE NÄGEL IM VERPUTZ ZUR UNTERSTÜTZUNG DES KINDERWUNSCHES.

BILD 2

EIN IN DIE BRÜSTUNG DER VORHALLE EINGERITZTES MÜHLESPIEL.

BILD 3

BLICK AUF PIĆAN UND DEN 340 METER HOHEN SCHORNSTEIN DES KRAFTWERKES PLOMIN IM HINTERGRUND.

14 GROŽNJAN

Grožnjan liegt 270 Meter über dem orografisch rechten Mirnaufer wie auf einer Kanzel, umgeben von dichten Trüffelwäldern, und befindet sich 14 Kilometer nordöstlich von Novigrad. Es gehörte den Patriarchen von Aquileia, bis es die Venezianer zu einem befestigten Militärstützpunkt ausbauten. In Grožnjan sprechen mehr als 50 % der Bevölkerung italienisch und es hat sich zu einem Treffpunkt für Künstler und Musiker entwickelt. Bedeutend ist auch der Olivenanbau.

Bar Mama Maria, hohler Zürgelbaum

Koordinaten 45° 22' 45" N – 013° 43' 24" O

Beim Betreten von Grožnjan befindet sich das mächtige Stadttor auf der rechten Seite, durch das man in die Altstadt gelangt. Auf der gegenüberliegenden Seite wurde für die Bar Mama Maria eine Terrasse errichtet, von der man bei einem Glas Wein die wunderbaren Tiefblicke genießen kann. Am straßenseitigen Ende der Terrasse fällt einem sofort ein mächtiger Zürgelbaum auf, dessen stark verbreiterte Stammbasis von vielen Hohlräumen durchzogen ist. Dieser Zürgelbaum wurde auf einen Kraftplatz gepflanzt und obwohl sich der Stamm in einem bemitleidenswerten Zustand befindet, wird er noch viele Jahre den Stürmen trotzen (zum Thema Zürgelbaum siehe auch BUJE, Seite 41).

Der alte Zürgelbaum wird noch vielen Stürmen trotzen, denn er steht auf einem Kraftplatz.

Stadttor, Ölpresse

Koordinaten 45° 22' 45" N – 013° 43' 23" O

Um die Bedeutung des Olivenanbaus für Grožnjan darzustellen, wurde gegenüber der Terrasse der Bar Mama Maria im Jahre 2003 eine alte Olivenölpresse aufgestellt. Zwischen Stadtmauer und Ölpresse liegt ein runder Pressstein mit einer quadratischen Öffnung in der Mitte. Dieser Stein wurde nach einem Kraftplatz ausgerichtet.

Touristische Hinweise

Nur etwa 1 Kilometer nordwestlich – auf der gegenüberliegenden Talseite – liegt der landwirtschaftliche Familienbetrieb ***Antolović Viviano****, der sich auf biologischen Olivenanbau spezialisiert hat. Der mit vielen Auszeichnungen dekorierte Betrieb produziert sechs Olivenölsorten, wobei eine Sorte aus zwölf Olivensorten hergestellt wird. Die einzelnen Sorten können unter fachlicher Anleitung jederzeit verkostet werden.* ***Adresse****: Viviano Antolović, Peroj 13 b, 52429 Grožnjan, www.antolovic-maslinova-ulja.hr*

Der Pressstein einer Olivenölpresse liegt auf einem Kraftplatz.

15 HUM

Die Ortschaft Hum liegt neun Kilometer südöstlich von Buzet, wurde 1102 erstmals urkundlich erwähnt und erlebte seine Blütezeit während der Herrschaft der Venezianer. Heute leben im Hum 30 Einwohner und der Ort trägt das Prädikat ***kleinste Stadt der Welt.*** Hum ist auch das Zentrum der glagolitischen Schrift (siehe auch Forčići) und zieht durch sein mittelalterliches Gepräge viele Touristen an. Die jährliche ehrenamtliche Bürgermeisterwahl erfolgt nicht mittels Stimmzettel, sondern über die Anzahl von Kerben in Holzstäben. Das Ritual aus dem 16. Jahrhundert wurde 1977 wiederbelebt.

Kirche Maria Himmelfahrt (Sv. Marija Uznesenja), Taufbecken

Koordinaten 45° 20' 54" N – 014° 03' 00" O

Die barocke einschiffige Kirche Maria Himmelfahrt wurde auf den Fundamenten einer älteren Kirche aus dem 13. Jahrhundert errichtet. In der Nordwestecke der Kirche befindet sich in einer von einem Bogen überspannten Nische ein steinernes Taufbecken mit einem Holzaufsatz. Dieses Taufbecken wurde auf einem Kraftplatz errichtet, und diese Ausrichtung wird uns noch mehrmals begegnen. In vielen Kirchen Mitteleuropas wurden Taufbecken nach Kraftplätzen ausgerichtet, um den neuen Erdenbürgern viel Kraft auf ihren weiteren Lebensweg mitzugeben.

Das Taufbecken in der Kirche Maria Himmelfahrt.

Touristische Hinweise

*In der **Humska konoba** genießt man auf der Terrasse mit beeindruckendem Talblick bei freundlicher Bedienung istrische Hausmannskost. Hier wird der von den Kelten stammende Biska gebrannt und ausgeschenkt, ein Tresterbrand, der aus Misteln von Apfelbäumen und einer geheimen Kräutermischung besteht.*

***Adresse**: Hum 2, 52425 Hum*

IMPRESSIONEN VON HUM,
DER KLEINSTEN STADT DER WELT.

16 KASTAV

Die kleine Stadt Kastav liegt fünf Kilometer nordöstlich von Opatija auf einem Hügel 375 Meter über dem Meer und bietet einen wunderbaren Überblick über die Kvarner Bucht und das Učka-Gebirge. Vincent aus Kastav mit seiner Totentanzdarstellung in Beram und sein Sohn Johannes aus Kastav, ebenfalls mit seinem berühmten Totentanz in Hrastovlje, stammen aus diesem Ort. An allen Sehenswürdigkeiten in Kastav sind Tafeln mit einem QR-Code angebracht, über den auf das Handy in sechs Sprachen eine informative Beschreibung der Bauwerke heruntergeladen werden kann. Auf Grund der wenigen Parkplätze ist es sinnvoll, sein Fahrzeug am südlichen Stadtrand zu parken, die engen Gässchen zu Fuß zu erkunden und die Aussicht zu genießen.

Kirche hl. Sebastian und hl. Fabian (Sv. Sebastijana i Fabijana), Vorhalle

Koordinaten 45° 22' 20" N – 014° 20' 56" O

Die Kirche, die dem hl. Sebastian und dem hl. Fabian geweiht wurde, stammt aus dem 16. Jahrhundert. Die klassizistische Fassade wurde im 19. Jahrhundert errichtet. Den kleinen Glockenstuhl ziert eine Glocke. Der Kraftplatz befindet sich im Schnittpunkt der Diagonalen der Vorhalle.

Nach nur wenigen Schritten bergauf gelangt man zur auf der rechten Seite gelegenen Stadtloggia aus dem Jahr 1571, die für öffentliche Veranstaltungen verwendet wurde. Sie ist die größte und am besten erhaltene Loggia in der Kvarner Bucht.

Der Kraftplatz befindet sich in der Mitte der Vorhalle.

Kirche hl. Helena (Sv. Jelene), Blumenschale

Koordinaten *45° 22' 24" N – 014° 20' 50" O*

Am höchsten Punkt von Kastav, den man durch das Stadttor von 1769 und enge Gässchen erreicht, steht die Pfarrkirche hl. Helena vom Kreuz. Die Kirche war ursprünglich einschiffig, wurde im 17. Jahrhundert barockisiert und um zwei Seitenschiffe erweitert.

Durch eine kleine Mauer mit Geländer getrennt, befindet sich unter dem Westeingang der Kirche ein aus Natursteinen errichtetes rundes Blumenbeet, das in seinem Zentrum auf einem Kraftplatz errichtet wurde.

Von der äußeren Umgrenzungsmauer der Kirche eröffnet sich dem Besucher Richtung Südwesten ein prachtvoller Blick auf Opatija mit dem dahinterliegenden Učka-Gebirge. An der Mauer befindet sich auch eine Tafel, auf der ein Geometer die genauen Koordinaten für diesen Punkt ermittelt hat.

Die Blumenschale vor der Kirche hl. Helena steht auf einem Kraftplatz.

Ehemalige Kirche Maria Himmelfahrt (Sv. Marija Uznesenja), Ruine Crekvina

Koordinaten 45° 22' 26" N – 014° 20' 55" O

Etwas unterhalb der Kirche hl. Helena liegt in nordöstlicher Richtung die Ruine der ehemaligen Hallenkirche Maria Himmelfahrt, auch Crekvina genannt. Die Kirche wurde im 17. Jahrhundert von den Jesuiten errichtet. Der Legende nach mussten die Bewohner ohne Bezahlung mitarbeiten. Als eine Frau bat, man möge sie von der Arbeit befreien, da sie sich um das Essen für ihre Kinder zu sorgen hätte, erhielt sie Stockschläge. Daraufhin verfluchte die Frau den Bau und dieser stürzte während der Bauarbeiten drei Mal ein. Obwohl nur mehr Mauerreste vorhanden sind, kann man sich die Größe dieses Gotteshauses sehr gut vorstellen. Der Kraftplatz befindet sich beim ersten Kastanienbaum, der vor der Apsis steht.

Der erste Kastanienbaum vor der Kirchenruine befindet sich auf einem Kraftplatz.

Touristische Hinweise

Ob im stilvoll eingerichteten Restaurant oder auf der Terrasse unter einer Pergola mit Meerblick, sie werden im mediterranen Restaurant ***Oštarija Fortica*** *stets mit großer Aufmerksamkeit und Freundlichkeit bedient. Die Speisekarte bietet eine breite Auswahl an Fleisch- und Fischgerichten sowie istrische Spezialitäten und eine entsprechende Weinauswahl. Tischreservierung wird empfohlen.*
Adresse*: Trg Matka Laginje 1a, 51215 Kastav*

BILD 1

VON DER KIRCHE HL. HELENA GENIEẞT MAN EINEN WUNDERBAREN BLICK AUF OPATIJA UND DAS UČKA-GEBIRGE.

BILD 2

DIE STADTLOGGIA STAMMT AUS DEM JAHR 1571.

17 LABIN

Labin mit seinen 12 000 Einwohnern liegt 20 Kilometer südöstlich von Pazin. Die heutige Altstadt wurde auf einem Hügel errichtet und war bereits in der Keltenzeit besiedelt. Später folgten die Patriarchen von Aquileia, über 400 Jahre die Venezianer und danach die Habsburger. Während der Monarchie wurde Steinkohle abgebaut, was einen wirtschaftlichen Aufschwung brachte. Mit dem Niedergang des Bergbaus begann der Aufstieg des Tourismus.

Kirche Maria Geburt (Rođenje blažene Djevice Marije), Taufbecken

Koordinaten 45° 05' 08" N – 014° 07' 26" O

Vom zentralen Ortsplatz gelangt man über enge und steile Gassen zur dreischiffigen Pfarrkirche Maria Geburt, die auf den Fundamenten einer kleineren Kirche aus dem 11. Jahrhundert errichtet und seither mehrmals umgebaut wurde. Die Westfassade ziert eine gotische Rosette, darunter befindet sich der venezianische Markuslöwe, ein Hinweis auf die lange Herrschaft der Venezianer. Beeindruckend sind die prächtigen Bemalungen der Bögen und der Decken in der Kirche. Interessant ist auch die freistehende Kanzel, die auf einem Platz der Beredsamkeit errichtet wurde (siehe dazu Seite 204). In einer Altarnische steht ein Marmortaufbecken mit einer Metallabdeckung, gekrönt von einer Figurengruppe beim Taufritual. Das Taufbecken wurde auf einem Kraftplatz errichtet.

Das Marmortaufbecken der Kirche Maria Geburt wurde auf einem Kraftplatz errichtet.

Museum, Bodenmosaik vor Eingang

Koordinaten 45° 05' 09" N – 014° 07' 26" O

Nur wenige Schritte von der Kirche entfernt steht bergwärts der prächtige Barockpalast der Familie Battiala-Lazzarini aus dem 18. Jahrhundert, der mit seiner intensiv roten Farbe und den architektonischen Elementen aus weißem Stein zu den schönsten Gebäuden von Labin zählt. Heute ist in diesem Gebäude das Volksmuseum untergebracht. Vor dem Eingang wurde ein Mosaik aus geraden und gebogenen Steinen, die mit Flusssteinen ausgefüllt sind, errichtet. Das kreisförmige Zentrum des Mosaiks steht exakt auf einem Kraftplatz.

Das Steinmosaik befindet sich beim Eingang zum Volksmuseum.

Aussichtsplattform Fortica, Zürgelbaum

Koordinaten 45° 05' 11" N – 014° 07' 30" O

Folgt man den schmalen Gassen weiter bergauf, so gelangt man zum höchsten Punkt an der westlichen Befestigungsmauer. Über einige Stufen betritt man die Aussichtsplattform Fortica, die Überreste einer einst mächtigen Bastion. Hier genießt man einen wundervollen Blick auf das Meer, die Insel Cres und den 300 Meter tiefer liegenden Badeort Rabac. Auf der Plattform fristet ein altes Kanonenrohr friedlich sein Dasein. Stadtseitig, vor der Aussichtplattform, steht ein mächtiger Zürgelbaum, der auf einem Kraftplatz gepflanzt wurde. Lehnen Sie sich an den Baumstamm und versuchen Sie, sich in die Zeitnische (siehe dazu Seite 202) hineinzufühlen.

Touristische Hinweise

*Das **Restaurant Kvarner** liegt direkt an der südlichen Stadtmauer von Labin. Das modern eingerichtete Lokal bietet 50 Sitzplätze, auf der Außenterrasse mit einem traumhaften Blick auf das Meer und die Insel Cres können weitere 60 Gäste bewirtet werden. Serviert werden Fischspezialitäten, hausgemachte istrische Gerichte und Speisen vom Grill. Dazu wird eine umfangreiche Weinauswahl aus der Region angeboten.*

***Adresse**: Šetalište San Marco 3, 52220 Labin, www.kvarnerlabin.com*

BILD 1

DAS PRACHTVOLLE VOLKSMUSEUM UND DIE KIRCHE MARIA GEBURT.

BILD 2

VON DER AUSSICHTSPLATTFORM FORTICA GENIEßT MAN EINEN WUNDERVOLLEN BLICK AUF RABAC.

Der Zürgelbaum steht
am Fuß der Aussichts
plattform Fortica.

18 LOVRAN

Lovran mit seinen 4 100 Einwohnern liegt fünf Kilometer südwestlich von Opatija und wird als die Stadt des Lorbeers bezeichnet. Nach der römischen Herrschaft kamen die Patriarchen von Aquileia, ab dem 14. Jahrhundert die Habsburger. Mit dem Aufstieg Opatijas zum Tourismusmagneten konnte auch Lovran viele Gäste anziehen.

Kapelle hl. Dreifaltigkeit (Sv. Trojstva), Vorhalle

Koordinaten 45° 17' 27" N – 014° 16' 37" O

Die kleine spätgotische Kirche hl. Dreifaltigkeit steht gegenüber dem Hotel Park am Beginn einer kleinen Halbinsel und ist die älteste Kirche an der Kvarner Riviera. In der Apsis finden sich spätgotische Wandmalereien aus dem 15. Jahrhundert und ein Grabstein mit glagolitischer Schrift aus dem 16. Jahrhundert. Bis ins 19. Jahrhundert war die Kirche von einem Friedhof umgeben, danach wurde dieser in einen Park umgewandelt, von dem man herrliche Ausblicke auf die Kvarner Bucht genießt. Der Kraftplatz befindet sich im Schnittpunkt der Diagonalen des überdachten Vorplatzes.

Touristische Hinweise

Das sehr stilvoll eingerichtete ***Meeresfrüchte-Restaurant Najade*** *mit überdachter Terrasse am Meer glänzt vor allem bei der Zubereitung von Muscheln, Scampi und Fischen. Abgeschirmt von der Küstenstraße genießt man einen herrlichen Blick auf die Kvarner Bucht und kann am Lungomare einen kleinen Verdauungsspaziergang unternehmen.* ***Adresse****: Šetalište maršala Tita 60, 51415 Lovran*

Der Kraftplatz befindet sich in der Mitte der Vorhalle.

19 LOVRANSKA DRAGA

Lovranska Draga liegt an den waldreichen Ostabhängen des Učka-Gebirges 370 m über dem Meer und ist über eine sieben Kilometer lange, kurvenreiche Bergstraße von Lovran aus erreichbar. Die Auffahrt, für die man sich Zeit lassen sollte, bietet phantastische Tiefbli cke auf die Kvarner Bucht.

Kirche hl. Michael (Sv. Mihovila)

Vorhalle, Bodenmosaik
***Koordinaten** 45° 16' 43" N – 014° 14' 40" O*

Unmittelbar vor der Ortseinfahrt von Lovranska Draga steht direkt an der rechten Straßenseite die kleine, barocke Kirche hl. Michael aus dem Jahre 1715, die Jahreszahl 1805 über dem Eingang deutet auf eine spätere Renovierung hin. Die Kirche ist verschlossen, man kann jedoch durch die Fenster in den einfachen, aber schmucken Altarraum sehen. Am frei sichtbaren Glockenstuhl hängen zwei Glocken, überragt von einem einfachen Kreuz. Wie bei vielen istrischen Landkirchen üblich, hat auch die Kirche hl. Michael eine überdachte Vorhalle, deren Dach von Pfeilern und Säulen getragen wird. Sie ist von der Straße aus über vier Stufen erreichbar.

Das Zentrum des Vorplatzes wurde mit schmalen Mauerkantsteinen mit einem Kreis verziert, durch den symmetrisch drei Linien führen, die den Kreis in sechs gleiche Tortenstücke teilen. Die restliche Fläche wurde mit kleinen Flusssteinen gepflastert. Der Kraftplatz befindet sich im Kreis im Schnittpunkt der drei Linien. Bei der Pflasterung der Vorhalle wusste man genau, wie man optisch ansprechend, aber diskret diesen Kraftplatz für Eingeweihte markiert.

Der Kraftplatz befindet sich im Zentrum des Bodenmosaiks.

Zisternenbrunnen

Koordinaten 45° 16' 43" N – 014° 14' 37" O

Fährt man nach der Kirche hl. Michael auf der Straße Richtung Lovranska Draga weiter, so folgt eine Linkskurve und unmittelbar anschließend auf der linken Seite ein kleiner Parkplatz neben einigen Bäumen. Von dieser Baumgruppe führen nur wenige Stufen zu einem Zisternenbrunnen. Die meisten Zisternenbrunnen in Istrien werden vom Regenwasser gespeist und haben in der befestigten Fläche Einlassöffnungen, um das Wasser in die Zisterne zu leiten und dort zu speichern. Diese Öffnungen fehlen bei dieser Zisterne, denn auf Grund des in der Nähe vorbeifließenden Baches, der von den Niederschlägen im Učka-Gebirge gespeist wird, hat sie die Funktion eines Hochbehälters, aus der jedoch über den Brunnen Wasser entnommen werden kann.

Der Brunnen der Zisterne wurde nach einem Kraftplatz ausgerichtet; im Hintergrund die Kirche hl. Michael.

Der zentral ausgerichtete achteckige steinerne Brunnen hat einen schmiedeeisernen Bogen und eine versperrte Abdeckung mit der Jahreszahl 1928. Um das Wasser länger frisch zu halten, wurde der Brunnen direkt über einem Kraftplatz errichtet.

Touristische Hinweise

*Die **Konoba Lovranska Draga** liegt fast am Ende der Welt bzw. der Straße, denn von dort führt nur mehr ein Steig in die Weiten des Učka-Gebirges. Trotzdem gilt sie als Geheimtipp. In der einfach gehaltenen Gaststube und der überdachten Terrasse mit einem traumhaften Blick auf das 370 Meter tiefer gelegene Meer und die Insel Cres werden vor allem deftige Fleisch-, Grill- und Nudelgerichte serviert.*

***Adresse**: 51415 Lovranska Draga – in Ermangelung einer genauen Straßenbezeichnung die Koordinaten: 45° 16′ 35″ N – 014° 14′ 34″ O. Die zweite Möglichkeit: Vom Zisternenbrunnen 450 Meter weiter fahren und Sie finden die Konoba auf der rechten Seite.*

DIE KLEINE KIRCHE HL. MICHAEL
AM STRAßENRAND.

20 MOMJAN

Momjan mit 290 Einwohnern liegt fünf Kilometer nordöstlich von Buje auf 280 Metern Seehöhe nahe an der Grenze zu Slowenien. Die Reste eines Kastells stammen aus dem 13. Jahrhundert. Momjan ist auch berühmt für seinen Muskatwein. Auf den fruchtbaren Böden gedeihen Wein und Oliven hervorragend.

Kirche hl. Maurus (Sv. Mauro)

Koordinaten 45° 26' 14" N – 013° 42' 57" O

Am Rand eines Geländevorsprungs, erhöht über Momjan, liegt die kleine Kirche hl. Maurus aus dem Jahr 1860. Von der westlichen Umfassungsmauer eröffnet sich dem Besucher ein phantastischer Ausblick über Olivenhaine, Weingärten, Momjan bis ans Meer. Dieser ruhige und beschauliche Ort lädt geradezu ein, die Aussicht zu genießen, die Seele baumeln zu lassen und sich in die Zeitnische hineinzufühlen.

Der Campanile der Kirche wurde auf einem Kraftplatz errichtet und gibt die Informationen über die Kantenstrahlung ab. Nähere Informationen zur Kantenstrahlung und zur Zeitnische finden Sie am Ende des Buches unter ***„Im Detail“.***

Die Kirche hl. Maurus stammt aus dem Jahr 1860.

Karstquelle

Koordinaten *45° 26' 29" N – 013° 42' 46" O*

Um zum Weingut Kozlović zu gelangen, gibt es zwei Varianten. Man fährt von Momjan in westlicher Richtung vorbei am Kastell über eine steile Straße in das Tal und zweigt nach der Brücke über die Poganja nach rechts ab. Oder man verlässt Momjan in östlicher Richtung und fährt auf einer schmalen Asphaltstraße durch ein Waldstück.

In einer kleinen Linkskurve fließt aus der bergseitigen Felswand aus zwei Öffnungen das Wasser über mehrere Kaskaden in zwei Wasserbecken, die früher als Viehtränke dienten. Blickt man bergwärts, weist nur die rechts Quelle hohe Energiewerte auf, da die linke Quelle von einer rechtsdrehenden Verwerfung (siehe dazu Seite 199) wieder umpolarisiert wird.

Die Karstquelle von Momjan.

Fährt man von der Karstquelle weiter talwärts und zweigt bei der nächsten Kreuzung nach links ab, so erreicht man ebenfalls das malerisch gelegene Weingut Kozlović.

Touristische Hinweise

Im rustikal-elegant eingerichteten Restaurant sowie auf der überdachten Terrasse werden die Gäste in der ***Konoba Rino*** *vom freundlichen Personal mit Spezialitäten wie getrüffelten Nudeln, Florentinischen Steaks oder Cremeschnitten verwöhnt. Wein und Olivenöl stammen aus eigener Produktion. Tischreservierung ist sehr empfehlenswert.* ***Adresse****: Dolinja vas 23, 52462 Momjan, www.prelac.hr/konoba*

Der Familienbetrieb ***Konoba Stari Podrum*** *befindet sich in ruhiger Lage und bietet seinen Gästen im rustikal eingerichteten Restaurant und im mediterran angehauchten Wintergarten authentische istrische Küche. Diese Konoba ist vor allem für Trüffelgerichte in Verbindung mit Pasta und Fleisch weit über die Landesgrenzen berühmt, dazu wird eine Auswahl an exzellenten Weinen serviert. Man sollte unbedingt einen Tisch reservieren.* ***Adresse****: Da es keine navifähige Adresse gibt, hier die Koordinaten: 45° 26′ 26″ N – 013° 42′ 09″ O, www.staripodrum.info*

VON DER KIRCHE HL. MAURUS WEITET SICH DER BLICK BIS ZUM MEER.

21 MOŠĆENICE

Nach der Eroberung durch die Römer stand Mošćenice unter wechselnden Herrschaften, wobei es bis zum Ende des Ersten Weltkriegs zum Habsburgerreich gehörte. Das Bergdorf mit seinen engen Gassen liegt 170 Meter über dem am Meer gelegenen Mošćenička Draga und ist mit diesem über eine Straße sowie einen Weg mit 700 Stufen verbunden.

Ortsplatz, Zürgelbaum

Koordinaten 45° 13' 34" N – 014° 14' 54" O

Die Auffahrt nach Mošćenice erfolgt über eine kurvenreiche Straße, auf der man nach einer Rechtskurve einen kleinen Platz erreicht. Nördlich davon steht die kleine Friedhofskirche hl. Bartholomäus und südlich davon das Restaurant Perun, von dem noch zu berichten sein wird. Geht man vom Restaurant Richtung Altstadt, so befindet sich am rechten Wegrand eine Hinweistafel mit Stadtplan. Wenige Schritte danach steht ein mächtiger Zürgelbaum, gegen den die weiteren Bäume geradezu klein aussehen. Der Zürgelbaum wurde auf einem Kraftplatz gepflanzt und dankt dies durch sein starkes Wachstum und sein prächtiges Aussehen. Diesen überproportional starken Wuchs haben wir bei vielen Baumarten, die auf Kraftplätzen stehen, festgestellt.

VON MOŠĆENICE KANN MAN TRAUMHAFTE AUSBLICKE AUF DAS MEER GENIEßEN.

Touristische Hinweise

Talseitig und nur wenige Schritte westlich des Zürgelbaumes steht das ***Restaurant Perun.*** *Sein größter Trumpf ist die Terrasse, von der man über die Altstadt von Mošćenice bis Rijeka sieht sowie die Kvarner Bucht und die Inseln Krk und Cres aus einer Höhe von 160 Metern überblickt. Die Küche glänzt bei Fischgerichten aller Art aber auch Fleisch- und Nudelgerichte, begleitet von einer breiten Auswahl an Weinen, sind sehr zu empfehlen. www.restaurant-perun.com*
Adresse*: In Ermangelung einer navifähigen Adresse, hier die Koordinaten: 45° 13' 34" N - 014° 14' 54" O*

Der mächtige Zürgelbaum steht am Rand des Ortsplatzes.

22 MOTOVUN

Die 1 000 Einwohner zählende Gemeinde Motovun liegt auf einer Höhe von 265 Metern südlich des Mirnatals auf einem steilen Hügel, 13 Kilometer südwestlich von Buzet, und war bereits in vorrömischer Zeit bewohnt. Sie stand unter der Herrschaft der Römer, der Patriarchen von Aquileia, der Venezianer und der Habsburger. Am höchsten Punkt befindet sich die St. Stephanskirche aus dem 17. Jahrhundert, überragt vom Campanile, der ursprünglich ein Wehrturm war.

Trg Andrea Antico, Zisternenbrunnen

Koordinaten 45° 20' 12" N – 013° 49' 42" O

Auf dem Hauptplatz Trg Andrea Antico, benannt nach einem Komponisten aus der Renaissance, steht östlich der St. Stephanskirche auf Höhe des Kinos Bauer ein Zisternenbrunnen aus dem Jahr 1330. Der achteckige Marmorbrunnen wurde auf einem ebenfalls achteckigen, gemauerten Sockel aus Natursteinen errichtet und ist mit einer schmiedeeisernen Abdeckung verschlossen. Die acht Seitenflächen sind mit Spitzbögen verziert, in denen sich das Wappen von Motovun, der venezianische Löwe und Blumensymbole befinden. Um das gespeicherte Wasser länger frisch zu halten, wurde der Zisternenbrunnen über einem Kraftplatz errichtet.

Der Zisternenbrunnen aus dem Jahr 1330.

Touristische Hinweise

*Bevor Sie nach einem steilen Anstieg in einer scharfen Linkskurve zum Trg Andrea Antico, dem höchsten Punkt von Motovun, gelangen, liegt auf der rechten Seite die **Konoba Pod Voltom.** Bei niedrigeren Temperaturen haben Sie die Möglichkeit in einem im rustikalen Landhausstil eingerichteten Restaurant Platz zu nehmen oder in der warmen Jahreszeit von einem Tisch auf der Terrasse an der Stadtmauer den wunderbarem Tiefblick auf das Mirnatal zu genießen. Liebhaber von Fleisch- oder Pastagerichten mit Trüffeln kommen hier auf ihre Rechnung. **Adresse**: Trg Josefa Ressela 6, 52424 Motovun, https://www.eistra.info/pod-voltom/*

*Auf der orografisch rechten Seite des Mirnatals, von Motovun Luftlinie nur vier Kilometer entfernt, liegt der kleine Familienbetrieb des Olivenölproduzenten **IPŠA**, eingebettet in alte Olivenhaine. Von 1 000 Olivenbäumen werden in Handarbeit die Oliven geerntet und daraus hochprämiertes Olivenöl produziert, das im Verkostungsraum probiert werden kann. Der Olivenölführer Flos Olei vergab 97 von 100 möglichen Punkten für das Olivenöl der Familie Ipša.*
***Adresse**: Ipši 10, 52427 Livade, http://www.ipsa-maslinovaulja.com*

BILD 1
DIE HÜGELSTADT
MOTOVUN VON SÜDEN.

BILD 2
TIEFBLICK VON MOTOVUN
IN DAS MIRNATAL.

23 MUNTIĆ

Die Überreste der antiken Stadt Nesactium liegen im Gemeindegebiet von Muntić, zehn Kilometer nordöstlich von Pula. Nesactium war schon in der Bronzezeit besiedelt. Im Jahr 177 vor Christus nahmen die Römer die einstige Metropole der Histrier ein und errichteten eine neue Stadt mit einem Forum, drei Tempeln und Thermen. Im 7. Jahrhundert zerstörten die Slawen die Stadt, die daraufhin aufgegeben wurde.

Nesactium, nördliche Kathedrale, Apsis

Koordinaten (Parkmöglichkeit vor Eingang zur antiken Stadt) 44° 54' 58" N – 013° 58' 05" O

Man betritt Nesactium durch die Porta Polensis, eine römische Toranlage. Auf einem Schild sind die Sommeröffnungszeiten mit 9–12 und 16–20 Uhr angegeben. Die Anlage wird von einem Aufseher mit Hund bewacht, der uns warnte, die angrenzende Macchia zu betreten, da es dort viele Schlangen gäbe. Bei unserem Rundgang haben wir keine Schlangen gesehen, auf Grund der vielen Steine sollte man trotzdem vorsichtig sein. Der Aufseher hält sich die meiste Zeit in einem kleinen Haus im Westteil der Anlage auf.

Östlich dieses Hauses sind von Nord nach Süd folgende Mauerreste zu sehen: Römische Therme, nördliche Basilika und südliche Basilika. Beide Basiliken sind an den runden Apsiden zu erkennen. Auf der Ostseite der Therme ist eine Zisterne angebaut, bei der wir eine interessante Entdeckung machten: Die Zisterne wurde auf einem Kraftplatz errichtet, um das Wasser länger frisch zu halten. Sie wurde vor über 2 000 Jahren erbaut und dieses alte Wissen blieb bis in unsere Zeit erhalten, denn die meisten Zisternenbrunnen in Istrien, die wir besucht und beschrieben haben, wurden ebenfalls auf Kraftplätzen errichtet.

Bei der nördlichen Basilika befindet sich in der Mitte des geraden Abschlusses der gebogenen Apsis ein Kraftplatz. Bereits in den frühesten Anfängen der Christenheit wurden christliche Kultstätten nach diesen ausgerichtet.

Im Süden der Anlage liegen das römische Kapitol sowie verstreut im Gelände einige Regierungsgebäude.

Touristische Hinweise

*Die **Konoba Stari Cok** liegt zwei Kilometer südwestlich von Nesactium im Zentrum von Valtura und ist ein sehr rustikal eingerichtetes kroatisches Lokal, in dem bodenständige istrische Speisen serviert werden. Das Angebot reicht von Fleisch-, Grill-, Wild- und Pastagerichten bis zu Nachspeisen, begleitet von herrlichen Hausweinen.*

***Adresse**: Valtura 70, 52100 Valtura*

Der Kraftplatz liegt in der Apsis der nördlichen Basilika, im Hintergrund die südliche Basilika

24 NOVIGRAD

Mit seinen 4 300 Einwohnern liegt Novigrad westlich der Mirnamündung. Zu Beginn war Novigrad eine griechische Kolonie, später siedelten hier die Römer. Nach Türkeneinfällen rafften Pest und Malaria die Bevölkerung fast völlig hinweg. Erst die Venezianer brachten einen wirtschaftlichen Aufschwung und prägen heute noch das Bild der Altstadt. Von 1815 bis nach dem Ende des Ersten Weltkrieges gehörte Novigrad zur Österreichisch-Ungarischen Monarchie.

Kirche hl. Pelagius (Sv. Pelagija), Brunnen

52466 Novigrad, Veliki trg 8A
Koordinaten 45° 18' 59" N – 013° 33' 31" O

Am Westrand von Novigrad, nur durch einen Park vom Meer getrennt, steht die dreischiffige Kirche hl. Pelagius und hl. Maximus. Der hl. Pelagius ist der Schutzheilige von Novigrad und auf der Spitze

Der Brunnen steht nördlich der Pelagiuskirche.

des Campaniles, der 1883 errichtet wurde, zu sehen. Nördlich der Kirche befindet sich in einer kleinen Grünfläche neben dem Lapidarium ein steinerner Brunnen. Die Seitenflächen tragen Inschriften und das Wappen von Novigrad. Der Brunnen, dessen Oberseite durch eine schmiedeeiserne Abdeckung verschlossen ist, steht auf einem Kraftplatz.

Kapelle hl. Servul (Sv. Servul), Stufe

Koordinaten 45° 20' 05" N – 013° 35' 00" O

Etwa zweieinhalb Kilometer nordöstlich vom Zentrum von Novigrad, umgeben von einem Siedlungsgebiet, steht an einer Wegkreuzung die neu errichtete Kapelle hl. Servul. Über die Koordinaten ist die Kapelle leicht zu finden. Der Kraftplatz befindet sich in der Mitte der unteren Marmorstufe.

Touristische Hinweise

Das gemütliche, aber sehr feine ***Restaurant Damir & Ornella*** *befindet sich in einer Seitengasse in Hafennähe und ist das 618. beste Restaurant von 1 000 weltweit. Das teilverputzte Natursteinmauerwerk kontrastiert zur modernen Einrichtung. Man könnte das Restaurant als die istrische Antwort auf Sashimi bezeichnen, denn es werden fangfrische Fische bei Tisch kunstgerecht filetiert, mit Olivenöl, Salz und Pfeffer mariniert und in Muschelschalen serviert. Darüber hinaus gibt es auch warme Fischgerichte, hausgemachte Pasta, Desserts und eine große Auswahl an Weinen.* ***Adresse:*** *Zidine ulica 5, 52466 Novigrad, www.damir-ornella.com*

ALLJÄHRLICH WERDEN IN NOVIGRAD DIE GASSEN MIT BUNTEN SCHIRMEN DEKORIERT.

Der Kraftplatz ist in der Mitte der unteren Marmorstufe.

25 OPATIJA

Die 11 600 Einwohner zählende Stadt Opatija, früher auch unter Abbazia bekannt, liegt in der Kvarner Bucht elf Kilometer westlich von Rijeka am Fuß des Učka-Gebirges. Zur Zeit der Donaumonarchie war die Stadt ein mondänes Seebad und beliebter Winterkurort. Der Grundstein für den Aufschwung wurde 1873 durch den Anschluss an das Eisenbahnnetz gelegt. Aus dieser Zeit stammt die zwölf Kilometer lange berühmte Uferpromenade von Volosko nach Lovran, Lungomare genannt.

Kirche Maria Verkündigung (Navještenja Blažene Djevice Marije), Kuppel

Adresse *51410 Opatija, Ulica Joakima Rakovca*
Koordinaten *45° 19' 52" N – 014° 18' 02" O*

Die neoromanische, dreischiffige Kirche Maria Verkündigung wurde auf einem Hang 40 Meter über dem Meer erbaut und bietet vom Vorplatz einen umfassenden Blick über die Kvarner Bucht. Die Pläne stammen vom österreichischen Architekten Karl Seidl, wobei der Grundstein 1906 gelegt wurde. Der Erste Weltkrieg unterbrach die Arbeiten, das halbfertige Bauwerk diente als Stall für Maultiere. Die Kirche wurde von Italienern fertiggestellt, wobei im Inneren Granit und Backsteine dominieren. Den Hauptaltar überspannt ein Ziborium, über der Vierung wölbt sich eine mächtige Kuppel.

Wenn Sie sich genau unter den höchsten Punkt der Kuppel stellen, stehen Sie auf einem Kraftplatz.

Der Kraftort befindet sich genau unter der Kuppel der Kirche Maria Verkündigung.

Touristische Hinweise

*Das **Restaurant Roko** liegt im Zentrum von Opatija und glänzt mit seinem stilvollen Ambiente samt Wintergarten. Ob Pasta, Steak, Fisch oder Dessert, alle Speisen werden vom Küchenchef und Eigentümer Stjepan Dunatov höchstpersönlich kreiert. Bei angenehmer Musik kann man dem Koch beim Grillen zusehen. **Adresse**: Ulica Maršala Tita 116, 51410 Opatija, www.roko-opatija.com*

DIE KIRCHE MARIA VERKÜNDIGUNG STEHT AUF EINEM HÜGEL ÜBER OPATIJA.

26 OPRTALJ

Das malerische Bergdörfchen Oprtalj mit 850 Einwohnern liegt fünf Kilometer nördlich von Motovun am orografisch rechten Mirnaufer auf einer Höhe von 370 Metern. Nach Besiedlung durch die Römer folgten die Slawen, später die Patriarchen von Aquileia und die Venezianer, gefolgt von den Habsburgern. Die Umgebung ist für seinen Trüffelreichtum berühmt. Viele Orts- und Hinweistafeln sind zweisprachig, man spricht Kroatisch und Italienisch. Am Ortseingang steht eine der schönsten barocken Stadtloggien Istriens, die erst vor kurzem renoviert wurde.

Dom hl. Georg (Sv. Jurja), Campanile

Koordinaten 45° 22' 53" N – 013° 49' 28" O

Die Bezeichnung Dom trägt die Kirche hl. Georg, da sie früher eine Stiftskirche war. Auf dem Vorgängerbau aus dem 6. Jahrhundert wurde 1526 die heutige Kirche errichtet. Den Westeingang ziert ein vergoldetes Mosaik mit einer Christusdarstellung.

Auf der gegenüberliegenden Seite des kleinen Platzes steht der 27 Meter hohe Campanile, der früher auch als Wehrturm diente. Fast alle istrischen Glockentürme haben einen pyramidenförmigen Dachaufsatz, der Campanile von Oprtalj nur einen ebenen Dachabschluss. Der Turm wurde auf einem Kraftplatz errichtet und gibt seine Informationen über die Kantenstrahlung (siehe Seite 203) ab.

Der Campanile des Doms hl. Georg steht auf einem Kraftplatz.

Kapelle hl. Maria (Sv. Marija), Vorhalle

Koordinaten *45° 23′ 00″ N – 013° 49′ 17″ O*

An der nördlichen Ortsausfahrt von Oprtalj liegt nach einer Linkskurve auf der linken Straßenseite die kleine Kirche hl. Maria. Im zweistühligen Glockenturm ist nur mehr eine Glocke vorhanden. Die Wandmalereien stammen von einem Meister aus Koper und entstanden im 15. Jahrhundert. Der Kraftplatz befindet sich im Schnittpunkt der Diagonalen der Vorhalle.

Der Kraftplatz befindet sich in der Mitte der Vorhalle der Kirche hl. Maria.

Touristische Hinweise

*Gradinje liegt nur 3 Kilometer südöstlich von Oprtalj, allerdings auch 300 Höhenmeter tiefer. Die **Konoba Dolina** mit überdachter Terrasse liegt im Mirnatal im Grünen und bietet authentische istrische Gerichte, wobei Trüffeln im Mittelpunkt stehen. Sie werden mit Fleisch, Eiern oder hausgemachten Pasten zubereitet. Das Angebot an Speisen wird um saisonale Gerichte wie Spargel ergänzt. Zum Nachtisch werden selbst gemachte Krapfen serviert und das umfangreiche Weinangebot lässt keine Wünsche offen.*

***Adresse**: Gradinje 59/1, 52427 Livade, www.konobadolina.hr*

27 PAZ

Friedhofskirche hl. Veit (Sv. Vid), Vorhalle

Koordinaten Parkplatz 45° 17' 30" N – 014° 05' 49" O

Die kleine Ortschaft Paz liegt 13 Kilometer östlich von Pazin auf einem Bergrücken, der nach Norden und Süden steil abfällt. Am östlichen Ortsende von Paz liegt malerisch auf einem kleinen Hügel die Friedhofskirche hl. Veit, von der man in östlicher Richtung einen wunderbaren Blick auf die Hügelstadt Boljun genießen kann. Im Hintergrund kann man das nördliche Portal des Učka-Tunnels erkennen.

Die Kirche und der kleine Friedhof sind von einer Natursteinmauer umgeben. Im vierstühligen Glockenturm hängt nur mehr eine Glocke. Der Kraftort befindet sich im Schnittpunkt der Diagonalen der kleinen Vorhalle der Kirche. Vom Kraftort führt eine 13-fache Geomantie (siehe Seite 201 f.) zur 140 Meter tiefer, an der Straße Nr. 500 gelegenen Kirche Unsere Liebe Frau von Karmel in der Ortschaft Boljunsko Polje.

Die Kirche hl. Veit steht östlich der Ortschaft Paz auf einem Hügel.

Touristische Hinweise

Ob in den herrschaftlichen Speiseräumen des Schlosses oder auf der Sonnenterrasse inmitten der eigenen Weinberge, auf ***Castle Belaj*** *mit der angeschlossenen Weinkellerei werden Sie verwöhnt. Das Schloss liegt nur zweieinhalb Kilometer südöstlich von Paz. Die Speisekarte umfasst die klassischen Pasta- und Fleischgerichte, zu denen die entsprechenden Weine aus dem eigenen Weinberg angeboten werden.*
Adresse*: Belaj 20a, 52402 Cerovlje, www.castlebelaj.com*

BLICK NACH OSTEN AUF DIE HÜGELSTADT BOLJUN UND ZUM UČKA-TUNNEL.

28 PIĆAN

Das Bergdorf Pićan mit 1800 Einwohnern liegt neun Kilometer südöstlich von Pazin. Zur Römerzeit als militärische Festung ausgebaut, war sie Sitz der ersten Diözese in Zentralistrien vom 5. bis ins 18. Jahrhundert. Die heutige dreischiffige barocke Kirche Maria Verkündigung wurde 1738 an Stelle der ehemaligen Kathedrale erbaut.

Kirchenvorplatz, Linde

Koordinaten (gelten auch für die zwei weiteren Kraftplätze in Pićan) 45° 12' 12" N – 014° 02' 24" O

Am Aufgang zum Kirchenvorplatz steht eine der wenigen Linden, die wir in Istrien gefunden haben. Das warme mediterrane Klima behagt ihnen nicht, sodass sie sich in unsere Breiten zurückgezogen haben. Diese Linde erfreut sich jedoch bester Gesundheit, denn sie steht auf einem Kraftplatz.

Die Linde und die Grabplatte im Vordergrund befinden sich auf einem Kraftplatz

Kirchenvorplatz, Grabplatte mit Totenkopf

Steigt man von der Linde über die Treppe zum westlichen Kirchenvorplatz hinauf, so fällt einem in der mit neuen Steinplatten belegten Fläche eine zu den Platten etwas schräg gestellte Steinabdeckung auf. Die rechteckige Grabplatte trägt einige zum Teil unleserliche Inschriften, eine Jahreszahl lässt sich mit 1618 deuten. Das Zentrum der Platte ziert eine runde Vertiefung mit der Darstellung eines Totenkopfes mit zwei gekreuzten Knochen. Der Kraftplatz befindet sich genau im Bereich des Totenkopfes. Bei über 2 400 Kraftplätzen in Mitteleuropa ist uns diese Darstellung noch nie begegnet.

Kirche, linker Eingang, Taufbecken

Betritt man die Kirche über den Eingang in das linke Seitenschiff, so fällt einem auf der linken Seite, unmittelbar nach der Türe, eine Mauernische mit einem rechteckigen Wasserbecken auf, wobei die obere Mauerkante mit einem schmalen, weißen Vorhang bedeckt ist. Für ein Weihwasserbecken ist es zu voluminös, daher kann es sich nur um ein in dieser Form einzigartiges Taufbecken handeln. Darüber hinaus befindet sich dieses auf einem Kraftplatz, um dem Täufling die nötige Energie für sein weiteres Leben mitzugeben.

Touristische Hinweise

*Zwei Kilometer südöstlich von Pićan liegt die Weinhandlung **Vina Baćac**. Nach einer Tour durch den alten und den neuen Weinkeller können Sie im großen Verkostungsraum bei Prosciutto und Käse eine umfangreiche Auswahl an istrischen Weinen probieren. **Adresse**: Kukurini 16, 52332 Pićan, www.vinabacac.hr*

Das Taufbecken im linken Seitenschiff ist eine Besonderheit.

29 PLOMIN

Der kleine Ort Plomin liegt sechs Kilometer nordöstlich von Labin, 170 Meter über einem Meeresarm und war bereits zur Zeit der Illyrer besiedelt. Nach dem Zweiten Weltkrieg kam es zu einer starken Abwanderung und viele Häuser sind nur mehr Ruinen. Trotzdem keimt in ihnen wieder neues Leben. In den Ritzen der alten Stadtmauer bei der Georgskirche wachsen tausende istrische Glockenblumen (Campanula istriaca) und schmücken mit ihren blauvioletten Blüten die alten Gemäuer. In der Bucht von Plomin steht ein Steinkohlekraftwerk mit einem 340 Meter hohen Schornstein, der weithin sichtbar ist.

Kirche hl. Georg (Sv. Juraj Stari), Zürgelbaum

Koordinaten 45° 08' 18" N – 014° 10' 46" O

Zwischen dem Restaurant Dorina, der Straße Nr. 66 und dem Zugang zur Kirche hl. Georg gibt es einen kleinen Platz. Auf einem kleinen Podest stehen Tische und Bänke unter zwei Zürgelbäumen. Der straßenseitige Zürgelbaum befindet sich auf einem Kraftplatz und lädt dazu ein, sich in die Geheimnisse einer Zeitnische (siehe dazu Seite 202) zu vertiefen.

Touristische Hinweise

*Das **Restaurant Dorina** ist nach der Hausherrin benannt und liegt gegenüber der Kirche hl. Georg an den südlichen Ausläufern des Učka-Gebirges. Im Dorina wird großer Wert auf die Verwendung von saisonalen und lokalen Produkten gelegt. Nach Prosciutto und Käse gibt es Calamari mit Wildspargel, Nudeln mit Gulasch, Goldbrasse in Weißwein oder verschiedene Muscheln. Die Lage des Restaurants direkt an der Straße sollte Sie nicht davon abhalten, diesen Geheimtipp zu besuchen. **Adresse**: Plomin 54, 52234 Plomin*

Der rechte Zürgelbaum steht auf einem Kraftplatz.

DIE ALTEN MAUERN SIND DICHT MIT ISTRISCHEN GLOCKENBLUMEN BEWACHSEN.

30 POREČ

Mit seinen 17 000 Einwohnern zählt Poreč, das zwischen Novigrad und dem Limski-Kanal liegt, zu den wichtigsten Städten an der Westküste Istriens. Die Gegend von Poreč war bereits zur Bronzezeit besiedelt, es folgten die Histrier und die Römer, danach die Patriarchen von Aquileia, die Venezianer und die Habsburger. Bedeutendstes Bauwerk ist die Euphrasius-Basilika, die 1997 in das UNESCO-Weltkulturerbe aufgenommen wurde. Auf den fruchtbaren Roterdeböden um Poreč gedeihen vor allem Obst, Gemüse und Wein. Das wichtigste Standbein bildet jedoch der vielfältige Tourismus.

Euphrasius-Basilika, Campanile, Kugelleuchte

Adresse 52440 Poreč, Eufrazijeva ulica
Koordinaten 45° 13' 42" N – 013° 35' 35" O
(gilt auch für die weiteren Kraftplätze in Poreč)

Die Euphrasius-Basilika stammt aus der Zeit der oströmischen Herrschaft, die 539 nach Christus begann. Die Anlage umfasst den Bischofspalast, Atrium, Kapelle und Taufkapelle. Besonders hervorzuheben sind die wertvollen Mosaike.

Westlich der dreischiffigen Basilika, im Anschluss an das achteckige Baptisterium, steht der 35 Meter hohe Glockenturm aus dem Jahr 1522. Dieser Campanile wurde im Schnittpunkt seiner Diagonalen auf einem Kraftplatz errichtet. Im Gegensatz zu den anderen beschriebenen Glockentürmen kann dieser bestiegen werden und bietet von der Glockenstube mit ihren vier Glocken über die Rundbogenfenster einen phantastischen Überblick über Poreč, den man nicht versäumen sollte.

In der Mitte der Glockenstube steht eine Kugelleuchte, die die Glockenstube in der Nacht indirekt beleuchtet. Diese Leuchte steht genau auf dem Kraftplatz.

Die Kugelleuchte im Campanile steht auf einem Kraftplatz.

Euphrasius-Basilika, Unterkirche, Brunnen

Vom Campanile gelangt man über die Taufkapelle mit einem riesigen sechseckigen Taufbecken, die sehenswerte Ausstellung im Bischöflichen Palais und vorbei an ornamentalen Mosaiken, wobei ein Mosaik auf dem 4. Jahrhundert mit der Darstellung eines Fisches als christliches Symbol hervorzuheben ist, in die Basilika. Beeindruckend ist der mit goldenen Mosaiken verzierte Altarüberbau, auch Ziborium genannt, der auf vier Marmorsäulen ruht. Darüber spannt sich ein ebenfalls reich mit Goldmosaiken ausgestattetes Gewölbe mit der Darstellung von Christus mit seinen zwölf Aposteln.

An der Nordseite der Basilika, meist unbemerkt von den zahlreichen Besuchern, kann man, geschützt durch ein Absperrgitter, zwischen zwei Beichtstühlen einen Blick in die Unterkirche werfen. Hier sieht man ein halbkreisförmiges Wasserbecken mit einer darüberliegenden Öffnung für das Brunnenrohr sowie einer Öffnung für ein Abflussrohr aus dem Becken in das darunterliegende steinerne Einlaufgitter. Dieser Brunnen wurde auf einem Kraftplatz errichtet.

Das Wasserbecken in der Unterkirche steht auf einem Kraftplatz.

Touristische Hinweise

*Ob im Restaurant, das im edlen Bootsstil eingerichtet wurde, oder an der überdachten Promenade, das **Restaurant Sveti Nikola** besticht durch seine perfekte Tischkultur und bietet einen wunderbaren Ausblick auf die Insel Sveti Nikola. Das sehr um die Gäste bemühte Personal serviert Fleisch, Fisch und Desserts von höchster Qualität, begleitet von einer umfassenden Weinauswahl.*

***Adresse**: Obala maršala Tita 23, 52440 Poreč, www.svnikola.com*

VOM CAMPANILE HAT MAN EINEN WUNDERBAREN BLICK AUF DIE EUPHRASIUS-BASILIKA UND POREČ.

31 PREMANTURA

Vom südlichsten Ort Istriens, der Siedlung Premantura mit seinen 840 Einwohnern, der bereits zur Bronzezeit bewohnt war, sind es noch vier Kilometer durch geschützte Naturlandschaft, bis man den südlichsten Punkt Istriens, das Kap Kamenjak, erreicht. In der mit Macchia bewachsenen Fels- und Sandlandschaft gedeihen seltene Orchideenarten. Durch Weidewirtschaft versucht man der Verbuschung Herr zu werden.

Kap Kamenjak, Hügel

Koordinaten 44° 46' 16" N – 013° 54' 40" O

Etwa 200 Meter nördlich der nachstehend beschriebenen Safari Bar befinden sich Überreste von ehemaligen militärischen Anlagen. Der höchste Punkt wurde in etwa halbkreisförmig befestigt und kann als guter Aussichtspunkt von der Nordseite über einige Stufen erklom-

men werden. Meerseitig wurde eine halbhohe Mauer errichtet, die in der Mitte abgesenkt wurde. Am Boden zeigt ein großer Pfeil Richtung Safari Bar.
Schaut man über diesen Pfeil auf das darunterliegende Gelände, so erblickt man 14 Meter vor der Aussichtsplattform eine rechteckige betonierte Fläche. Im Schnittpunkt der Diagonalen befindet sich ein Kraftplatz, der damit den südlichsten Kraftplatz von Istrien darstellt.

Touristische Hinweise

*Das kleine, aber feine **Restaurant Fabula by Stare Užance** liegt im Zentrum von Premantura und glänzt neben seiner stilvollen Einrichtung mit seiner extravaganten und ideenreichen Tischkultur. Auf der kleinen Karte werden Fisch- und Fleischgerichte mit viel Salat und Gemüse angeboten. Zum Dessert gibt es süße Leckereien mit einer ansprechenden Weinbegleitung. Tischreservierung wird empfohlen.*
***Adresse**: Selo 70, 52100 Premantura*

*Im Gegensatz dazu steht die äußerst coole **Safari Bar** am Kap Kamenjak. Bei einem traumhaften Meeresblick werden im rustikalen Ambiente einfache Fisch- und Fleischgerichte sowie verschiedene Burger serviert, dem exponierten Ort geschuldet nur auf Plastikgeschirr. Jung und Alt sind vom Abenteuerspielplatz begeistert.*
***Adresse**: Kap Kamenjak, 52100 Premantura (Istriens südlichster Punkt). In Ermangelung einer Straßenbezeichnung die Koordinaten des Parkplatzes: 44° 46′ 12″ N – 013° 54′ 36″ O.*

DIE SÜDSPITZE VON ISTRIEN –
KAP KAMENJAK.

Der Kraftplatz befindet sich in der Mitte der betonierten Fläche im Vordergrund.

32 PULA

Die Stadt Pula mit 52 000 Einwohnern ist die größte Stadt Istriens, liegt geschützt in einer Bucht an der Westküste und kann auf eine 7 000-jährige Geschichte zurückblicken. Zur Römerzeit der wichtigste Handelshafen dezimierten Pest und Malaria die Bevölkerung auf einige Hundert. Nach den Venezianern wurde Pula unter österreichischer Herrschaft zum Kriegshafen ausgebaut und wuchs auf 60 000 Einwohner. Die wichtigste Sehenswürdigkeit ist das römische Amphitheater, das unter Kaiser Augustus errichtet wurde.

Sergierbogen, Zentrum Rondeau

Koordinaten *44° 52' 05" N – 013° 50' 49" O*

Am Zusammentreffen der Sergijevaca ulica mit der Uspon Svetog Stjepana steht der acht Meter hohe Sergierbogen aus der Zeit 30 vor Christus. Der antike Ehrenbogen mit korinthischen Kapitellen wurde von der Familie Sergi aus eigenen Mitteln finanziert, wie eine Inschrift aussagt.

Östlich des Sergierbogens befindet sich ein zum Bogen hin offenes Rondeau, das mit einer niedrigen Mauer aus Natursteinen eingefasst wurde. Im Mittelpunkt dieses eingefassten Gebiets liegt ein Kraftplatz.

Nördlich des Sergierbogens, am Eingang des Hauses mit hellbrauner Fassade, berichtet eine Marmortafel, dass in diesem Gebäude der irische Schriftsteller James Joyce von 1904 bis 1905 Englisch unterrichtet hat, in erster Linie Marineoffiziere. In diesem Haus, unmittelbar westlich des Sergierbogens, sitzt auf der Terrasse des Café Uliks James Joyce mit breitem Hut als Bronzestatue und blickt in die Ferne.

Der Kraftplatz befindet sich in der Mitte des Rondeaus vor dem Sergierbogen.

Markthalle, linker Brunnen bei Nordaufgang

Koordinaten 44° 52' 02" N – 013° 50' 57" O

Geht man vom Sergierbogen die Flanatička ulica Richtung Osten, so erreicht man nach 200 Metern die belebte Markthalle, deren Besuch sich lohnt. Von der Nordseite führen zwei elegant geschwungene Treppen in das Obergeschoß der Markthalle. Am Fuß des linken (östlichen) Treppenaufganges spendet ein Brunnen aus einer reich verzierten Muschel Wasser. Der Brunnen steht auf einem Kraftplatz.

Touristische Hinweise

*Das **Valli Delicious – Authentic Food & Bar** liegt neben dem Rathaus von Pula und besitzt ein kleines, extravagant eingerichtetes Restaurant sowie Sitzplätze unter Sonnenschirmen vor dem Lokal. Das freundliche Personal serviert von einer kleinen Karte außergewöhnliche Essenskompositionen in Verbindung mit einer reichen Weinauswahl. **Adresse**: Kapitolinski trg 7, 52100 Pula*

*Die Pizzen, die in der **Pizzeria Jupiter** seit 25 Jahren serviert werden, zählen zu den besten von Pula. Im rustikal-modern eingerichteten Lokal werden aber auch Fleisch-, Fisch- und Pastagerichte zubereitet. Auf Grund der Nähe zum Kolosseum wird eine Tischreservierung empfohlen. **Adresse**: Castropola ulica 42, 52100 Pula, www.pizzeriajupiter.com*

DIE BRONZESTATUE VON JAMES JOYCE.

Der Brunnen beim östlichen Treppenaufgang.

34 ROČ

Die kleine Ortschaft Roč mit 180 Einwohnern liegt sechs Kilometer östlich von Buzet und war bereits in frühgeschichtlicher Zeit besiedelt. Ab dem 12. Jahrhundert entwickelte sich Roč zu einem Zentrum der kroatischen Literatur.

Kirche hl. Bartholomäus (Sv. Bartola), Stele

Koordinaten 45° 23' 34" N – 014° 02' 48" O

Die Gemeindekirche hl. Bartholomäus liegt in der Ortsmitte von Roč, stammt aus dem 14. Jahrhundert und wurde im 18. Jahrhundert erweitert und umgebaut. In der Schatzkammer finden sich silberne liturgische Gefäße. Nördlich der Kirche steht der 26 Meter hohe Campanile aus dem Jahr 1676. Nur wenige Meter nördlich des Glockenturms befindet sich am Straßenrand eine Stele, die auf einem Kraftplatz errichtet wurde.

Unmittelbar südlich der Kirche hl. Bartholomäus steht die romanische Kirche hl. Anton des Abts aus dem 11. Jahrhundert mit Inschriften in glagolitischer Schrift.

Touristische Hinweise

*Die **Ročka Konoba** liegt im Zentrum vom Roč und verwöhnt die Gäste in der rustikalen Gaststube oder unter einer Rosenpergola. Geboten wird alte istrische Küche, vor allem Fleisch- und Pastagerichte in Verbindung mit Trüffeln aus den nahen Wäldern. Über dem Eingang prangt der Lokalname auch in glagolitischer Schrift.*

***Adresse**: Roč 14, 52425 Roč*

Die Stele vor der Kirche steht auf einem Kraftplatz.

35 ROVINJ

Die 14 000 Einwohner zählende zweisprachige Stadt Rovinj liegt fünf Kilometer südlich des Limski-Kanals an der Westküste Istriens, wobei die Altstadt auf einem Hügel vom Campanile der Euphemia-Basilika überragt wird. Umgeben ist Rovinj von 22 kleineren und größeren Inseln. Nach den Römern und Franken kamen die Venezianer an die Macht, später die Österreichisch-Ungarische Monarchie. Die verwinkelten Gässchen und die zahlreichen Stilelemente verschiedener Epochen machen Rovinj zu einen Touristenmagnet ersten Ranges.

Kirche hl. Euphemia (Sv. Eufemije), Statue hl. Euphemia

Adresse Trg Sv. Eufemije, 52210 Rovinj,
Koordinaten 45° 04' 50" N – 013° 37' 50" O

Die dreischiffige barocke Kirche hl. Euphemia aus dem 18. Jahrhundert liegt 27 Meter über dem Meer und wird vom 60 Meter hohen Kirchturm, der auf der Spitze eine Statue der hl. Euphemia trägt und dem Campanile von Venedig nachempfunden wurde, überragt. Vom Vorplatz der Kirche genießt man einen wunderbaren Blick über die Stadt und die umliegenden Inseln.

Am rechten Seitenaltar steht, von vier schwarzen Säulen eingerahmt, die Statue der hl. Euphemia auf einem Kraftplatz. Die schlicht gehaltene Kanzel wurde auf einem Platz der Beredsamkeit (siehe Seite 204) errichtet.

Die hl. Euphemia, die Patronin von Rovinj.

Trg Maršala Tita, Brunnen mit Knaben

Koordinaten 45° 04' 54" N – 013° 38' 04" O

Am Trg Maršala Tita, zwischen dem Hotel Adriatic und dem im Ockertönen gehaltenen und mit dem Markuslöwen verzierten Uhrturm, steht ein Springbrunnen, an dessen Spitze sich ein Knabe mit einem Fisch befindet. Der Brunnen, der auf einem Kraftplatz errichtet wurde, lädt ein, kurz innezuhalten und den Blick auf den kleinen Hafen zu genießen.

Der Brunnen mit Knaben vor dem Uhrturm.

St. Andreas-Insel, Hotelnordseite, Brunnen

Koordinaten *45° 03' 34" N – 013° 37' 28" O*

Etwa 70 Meter südlich des Springbrunnens in Rovinj liegt die Anlegestelle für das moderne Fährschiff RUBINUM, das die Passagiere in einer Fahrzeit von 20 Minuten vorbei an der Katharineninsel auf die St. Andreas-Insel, auch Rote Insel genannt, bringt. Neben einem Kloster aus dem 6. Jahrhundert wurde eine moderne Hotelanlage errichtet. Auf dem Weg von der Schiffsanlegestelle zur Klosterkirche steht nördlich der Hotelanlage ein runder Brunnen mit Sitzgelegenheit. Das Wasser läuft in kleinen Kaskaden in konzentrisch angebrachte Becken. Der Brunnen, der zum Verweilen einlädt, steht auf einem Kraftplatz.

Der Brunnen vor dem alten Kloster lädt zum Verweilen ein.

St. Andreas-Insel, Aussichtsturm

Koordinaten 45° 03' 34" N – 013° 37' 33" O

Nur wenige Meter östlich der ehemaligen Klosteranlage wurde auf einem Hügel 15 Meter über dem Meer ein steinerner Aussichtsturm mit quadratischem Grundriss und einer außen liegenden Treppe errichtet. Wir folgen den Hinweistafeln mit der Aufschrift Vidikovac. Trotz der relativ geringen Höhe hat man vom Turm einen umfassenden Überblick. In nördlicher Richtung lugt sogar die Turmspitze der Kirche hl. Euphemia im 2,7 Kilometer entfernten Rovinj hinter dem Goldkap hervor, in der entgegengesetzten Richtung sieht man ein einsames Eiland mit einem Leuchtturm. Der Kraftplatz befindet sich im Schnittpunkt der Turmdiagonalen.

Trotz geringer Höhe ist der Überblick vom Aussichtsturm beeindruckend.

Insel Maškin, Tempel

Koordinaten *45° 03' 20" N – 013° 37' 32" O*

Die südlich der St.-Andreas-Insel gelegene Insel Maškin ist trockenen Fußes zu erreichen, da beide Inseln mittels eines künstlich aufgeschütteten Dammes verbunden sind. Danach geht es durch Wald und über einige Stufen mit einem Höhenunterschied von atemberaubenden 21 Metern zum höchsten Punkt der Insel, auf dem ein weißer, runder Tempel steht. Die Kuppel des nach vorne offenen Tempels wird von sechs Säulen getragen. Der Kraftplatz befindet sich im Mittelpunkt des Tempels. Rund um die Anlage ragen Zypressen in den Himmel, dazwischen laden Bänke zum Verweilen ein. Dieser stille Ort bietet sich nahezu an, in die Geheimisse der Zeitnische (siehe Seite 202) einzutauchen.

Der Tempel lädt zum Stillehalten und zur Rast ein.

Friedhofskirche hl. Michael (Sv. Mihovil), Friedhof, Zypresse

Geht man von der Vorhalle der Kirche Richtung Friedhof, so steht hinter dem Grab der Familie Zugan ein zypressenähnlicher Baum (die Botaniker mögen uns verzeihen), der auf einem Kraftplatz gepflanzt wurde. Beide Kraftorte sind über eine 13-fache Geomantie (siehe dazu Seite 201 f.) miteinander verbunden.

Touristische Hinweise

*Das **Old River Steak House** liegt zwar direkt an der Straße Nr. 44, die nach Buzet führt, aber davon sollten Sie sich nicht abhalten lassen. Ob Sie im modern eingerichteten Restaurant oder auf der Terrasse Platz nehmen, Sie werden vom freundlichen Personal mit Pasta- oder Fleischgerichten in Verbindung mit Trüffeln sowie istrischen Spezialitäten und Desserts verwöhnt. Die passende Weinbegleitung ist ebenfalls vorhanden. **Adresse**: 52420 Oprtalj. Da es leider keine Straßenbezeichnung gibt, hier die Koordinaten: 45° 23′ 41″ N – 013° 54′ 10″ O*

Die Kraftplätze befinden sich in der Mitte des Campaniles und bei der Zypresse.

37 SAVUDRIJA

An der Nordwestspitze von Istrien liegt der Badeort Savudrija, fünf Kilometer nördlich der Stadt Umag, zu der Savudrija gehört. Die ersten Funde reichen bis in die Jungsteinzeit zurück, später bauten die Römer einen Hafen. In Savudrija befindet sich der älteste und nördlichste Leuchtturm Kroatiens, der sich auch im Ortswappen wiederfindet.

Kirche, Pfarrhaus, Zisternenbrunnen

Koordinaten 45° 30' 02" N – 013° 30' 18" O

Die Kirche von Savudrija liegt 200 Meter östlich des Hafens auf einer kleinen Anhöhe. Südlich der Kirche steht der Pfarrhof, davor ein für Istrien typischer Zisternenbrunnen. Um die Einfassungsmauer wurde eine Pergola aus Weinreben errichtet. Der achteckige Brunnen ist mit Spitzbögen verziert und mit einer schmiedeeisernen Abdeckung verschlossen. Ursprünglich waren über dem Brunnen vier Eisenbögen angebracht, von denen einer bereits fehlt. Am höchsten Punkt der Bögen befindet sich ein schlichtes Kreuz und in der Verlängerung nach unten ein massiver Haken, an dem früher das Klobenrad befestigt war. Der Brunnen wurde auf einem Kraftplatz errichtet, damit das Wasser länger frisch blieb.

Den Zisternenbrunnen überspannt eine Pergola.

Leuchtturm

Koordinaten 45° 29' 24" N – 013° 29' 27" O

Am Kap Savudrija steht ein 36 Meter hoher Leuchtturm aus dem Jahre 1818, auf den einige Superlative zutreffen. Er ist der nördlichste Leuchtturm Kroatiens und der älteste noch aktive an der Adriaküste. Bei seiner Errichtung war er der erste Leuchtturm in Europa, der mit Gasbeleuchtung betrieben wurde. Der Leuchtturm wurde auf einem Kraftplatz errichtet, wobei die Informationen nur über die Kanten des quadratischen Sockels abgestrahlt werden. Im Bereich des runden Turmes gibt es keine Kantenstrahlung (siehe dazu Seite 203).

300 Meter südlich des Leuchtturms verbirgt sich in einer kleinen Bucht eine Besonderheit von Savudrija: In dieser Gegend werden von den Fischern kleine Holzboote mit flachem Boden ohne Segel für den

Küstenfischfang verwendet, die nur gerudert werden und den Namen „Batana“ tragen. Sie sind etwa vier Meter lang und wiegen nur 200 Kilogramm. Diese Boote lassen sich ohne fixen Liegeplatz auf für die Gegend typischen Holzgestellen mittels Stricken und Flaschenzügen aufhängen, die Grues genannt werden.

Touristische Hinweise

Savudrija ist seit Jahrhunderten für seine Fischerei bekannt. Das ***Restaurant Porto Salvore*** *liegt direkt im kleinen Hafen von Savudrija und bietet fangfrischen Fisch, Krabben, Muscheln und Meeresfrüchte. Ob im stilvoll eingerichteten Restaurant oder auf der mediterranen Terrasse mit Meerblick, Sie werden von der gastfreundlichen Bedienung und den ausgezeichneten Weinen begeistert sein.*
Adresse*: 52475 Savudrija, www.porto-salvore.com. In Ermangelung einer nachvollziehbaren Straßenbezeichnung hier die Koordinaten: 45° 30′ 04″ N – 013° 30′ 13″ O.*

DIE BATANAS WERDEN AUF GRUES AUFGEHÄNGT.

38 SOVINJAK

Der kleine Weiler Sovinjak mit 27 Einwohnern liegt fünf Kilometer südwestlich von Buzet, 293 Meter über dem Mirnatal (am Kirchturm befindet sich eine entsprechende Höhenmarke). Im Park hinter der Georgskirche hat man eine schöne Aussicht auf die nördlich gelegenen Orte Mali Mlun und Veli Mlun.

Kirche hl. Georg (Sv. Jurja), Park, steinernes Ziffernblatt

Koordinaten 45° 22' 42" N – 013° 55' 17" O

Die Pfarrkirche hl. Georg wurde 1927 auf einem Vorgängerbau aus dem Jahre 1556 errichtet. Der 15 Meter hohe Kirchturm trägt eine Tafel mit glagolitischen Schriftzeichen.

Im bereits erwähnten kleinen Park nördlich der Kirche kann man auf einigen Bänken unter Schatten spendenden Kastanienbäumen die Ruhe und die schöne Aussicht genießen. Zwischen zwei Kastanienbäumen wurde die Büste des Komponisten Slavko Zlatić aufgestellt. Zwischen den nächsten, östlich gelegenen Kastanienbäumen liegt das steinerne Ziffernblatt einer Turmuhr. Im Zentrum ist die runde Öffnung für die Zeiger erkennbar, auf dem erhabenen Rand sind die zwölf römischen Ziffern eingemeißelt. Dieses alte Ziffernblatt wurde genau nach einem Kraftplatz ausgerichtet. Dies ist im wahrsten Sinne der richtige Ort, sich in die Zeitnische (siehe dazu Seite 202) hineinzuversenken.

Der nördlichste Leuchtturm von Kroatien steht auf einem Kraftplatz.

Das steinerne Ziffernblatt liegt auf einem Kraftplatz.

Kapelle hl. Rochus (Sv. Roc), Schwelle

Koordinaten 45° 22' 40" N – 013° 55' 19" O

Die kleine spätgotische Kapelle stammt aus dem 15. Jahrhundert und ist, wie bei vielen Landkirchen in Istrien üblich, mit einem überdachten Vorplatz ausgestattet. Blickt man durch die Fenster, so kann man an der Apsiswand bzw. an der Decke zum Teil beschädigte Fresken erkennen, die vom manieristischen Maler Dominik aus Udine stammen.

Bei den meisten dieser kleinen Kirchen befindet sich der Kraftplatz im Schnittpunkt der Diagonalen des Vorplatzes, nicht jedoch bei dieser Kapelle. Hier findet man den Kraftplatz in der Mitte der Türschwelle bei der Eingangstüre zur Kapelle. Dies ist deshalb so außergewöhnlich, da Kirchenschwellen (siehe Seite 202), im Gegensatz zu einem Kraftplatz, meist eine stark ableitende Wirkung aufweisen.

Touristische Hinweise

Sehr stil- und phantasievoll eingerichtete Gasträume, überdachte Terrasse mit schön dekoriertem Garten und auf Grund der Hügellage ein Weitblick in die Umgebung – das sind die Highlights des ***Restaurant konoba Santa Terra*** *- Pucinum in Sovinjak, das gegenüber der Kirche liegt. Angeboten werden Schinken, Käse, Minestrone, Fusi, Gnocchi, Ravioli, Wurst, Ombolo, Spargel, Pilze und Trüffel, begleitet von einer ansprechenden Weinauswahl.*

Adresse*: Sovinjak 10, 52420 Buzet, www.santa-terra.com.hr*

Die kleine Kirche des hl. Rochus.

39 ŠTERNA

Der kleine Weiler Šterna mit 70 Einwohnern liegt vier Kilometer nordwestlich von Oprtalj und gehört zur Gemeinde Grožnjan.

Kirche hl. Michael (Sv. Mihovila)

Koordinaten Parkplatz bei Kreuzung vor Brunnen
45° 24' 46" N – 013° 47' 31" O

Am westlichen Ortsrand des Weilers Šterna liegt die kleine Kirche hl. Michael aus dem Jahre 1791, die vollständig aus unverputzten Natursteinen erbaut wurde. Im zweistühligen Glockenturm fehlen beide Glocken. Der Campanile wurde auf einem Kraftplatz errichtet und strahlt seine Informationen über die Kantenstrahlung (siehe dazu Seite 203) ab.

Touristische Hinweise

*Ob in der Gaststube mit eleganter Tischkultur, ob auf der Terrasse oder im Schatten der Bäume – Sie werden in der **Konoba Atelier** vom freundlichen Personal mit feinen istrischen Spezialitäten verwöhnt, begleitet von wunderbaren Weinen. Dazu gibt es noch einen kleinen Skulpturenpark. **Adresse**: 52462 Marušići. Es gibt leider keine Straßenbezeichnung, daher zum sicheren Finden die Koordinaten: 45° 25' 05" N – 013° 43' 54" O*

Der Campanile der Kirche hl. Michael steht auf einem Kraftplatz.

40 SVETA JELENA

Die kleine Ortschaft Sveta Jelena liegt zwei Kilometer südwestlich von Mošćenice an den Hängen des Učka-Gebirges auf einer Höhe von 330 Metern und bietet einen phantastischen Ausblick über der Kvarner Bucht. Sveta Jelena ist über eine drei Kilometer lange kurvenreiche Bergstraße von Mošćenice aus erreichbar.

Kapelle Sv. Jelena, Vorhalle

Koordinaten 45° 12' 39" N – 014° 14' 01" O

Die Kapelle Sveta Jelena liegt sehr versteckt und umgeben von Macchie an einer Geländekante. Sobald man die Ortschaft Sveta Jelena erreicht hat, sieht man auf der rechten Seite die Konoba Slamnjaki. Nach 150 Metern nach links abzweigen und sofort nochmals links abbiegen. Auf der linken Seite gibt es sogar einen kleinen Parkplatz. Die Kapelle stammt aus dem Jahr 1879 und hat eine überdachte Vorhalle. Der Kraftplatz liegt im Schnittpunkt der Diagonalen des Vorplatzes. Hinter dem Bauwerk bietet sich dem Besucher ein wunderbarer Blick auf die Kvarner Bucht.

Touristische Hinweise

*In der **Konoba Slamnjaki** werden in der sauberen Gaststube oder auf der überdachten Terrasse mit Meerblick traditionelle kroatische Gerichte serviert. Zu den einfachen, wohlschmeckenden Fleisch- und Pastagerichten darf ein gutes Glas Wein nicht fehlen.*
***Adresse**: Sveta Jelena 25a, 51418 Sveta Jelena*

Die Kapelle Sveta Jelena mit Vorhalle.

41 SVETA LUCIJA

Der Weiler Sveta Lucija liegt einen Kilometer nördlich von Oprtalj und ist nach der gleichnamigen Kirche benannt.

Kirche hl. Luzia (Sv. Lucija)

Koordinaten 45° 23' 17" N – 013° 49' 12" O

Die für Istrien typische kleine Landkirche hl. Luzia, die dem kleinen Weiler ihren Namen gab, liegt an der Straße, die zur südlich auf einem Hügel gelegenen Ortschaft Oprtalj führt. Das Dach der nach zwei Seiten offenen Vorhalle wird von achteckigen Pfeilern getragen. Von der Vorhalle hat man einen schönen Ausblick auf den von Trüffelwäldern umgebenen Ort Oprtalj, mit dem Campanile des Doms hl. Georg am höchsten Punkt. Der Kraftplatz liegt im Schnittpunkt der Diagonalen der Vorhalle.

Die Vorhalle der Kirche hl. Luzia steht auf einem Kraftplatz.

Touristische Hinweise

Wenn Sie Lust auf ausgezeichnete traditionelle, istrische Hausmannskost abseits der touristischen Trampelpfade haben, sollten Sie die ***Agriturismo Stokovac*** *besuchen. Ob Sie in der freundlichen Gaststube oder auf der schattigen Terrasse mit Blick ins Grüne Platz nehmen – alle Produkte von Fleisch, Pasta, Brot, Olivenöl und Wein stammen aus hauseigener Produktion.* ***Adresse****: 52428 Čepić (liegt 3 Kilometer nördlich von Sveta Lucija). Leider gibt es keine Straßenbezeichnung, daher verraten wir Ihnen die Koordinaten: 45° 24‘ 37“ N – 013° 48‘ 55“ O*

42 SVETA MARIJA NA KRASU

Die Ortschaft Sveta Marija na Krasu mit 293 Einwohnern liegt fünf Kilometer nordöstlich der Stadt Umag und gehört zu dieser. Nach der venezianischen Herrschaft kam der Ort zum Habsburgerreich. Auf Grund der fruchtbaren Böden und des milden Klimas steht die Landwirtschaft im Mittelpunkt.

Kirche der barmherzigen Jungfrau (Sv. Marija na Krasu), Madonna im Park

Koordinaten – gelten für beide Kraftplätze

45° 27' 03" N – 013° 34' 58" O

Die Kirche der barmherzigen Jungfrau liegt an der Osteinfahrt von Sveta Marija na Krasu gegenüber der Konoba Rustica an der südlichen Straßenseite. Vor dem Campanile, im Zentrum eines kleinen Parks, steht neben einem Kastanienbaum auf einem Sockel aus Natursteinen eine Madonna aus weißem Marmor. Die Statue wurde auf einem Kraftplatz errichtet.

Die Madonna aus weißem Marmor vor der Kirche.

42

Kirche der barmherzigen Jungfrau (Sv. Marija na Krasu)

Steinbank rechts vom Westeingang

Rechts vom Westeingang zur Kirche steht in einer Ecke, in der zwei Dachabfallrohre nach unten geführt werden, eine niedrige Steinbank. Auf zwei hochkant aufgestellten Natursteinplatten ruht eine massive quadratische Steinplatte als Sitzfläche. Diese Steinbank steht auf einem Kraftplatz. Neben der Steinbank befindet sich eine weiße Sitzbank jüngeren Datums.

Touristische Hinweise

1,5 Kilometer östlich von Sveta Marija na Krasu liegt die ***Konoba Buščina.*** *Ob im Restaurant, das im rustikalen Landhausstil gestaltet ist, oder auf der Terrasse – Sie werden von der freundlichen Bedienung mit Fisch, Fleisch, Pasta, Trüffeln bis zu Desserts, Wein und Grappa bestens verwöhnt. Tischreservierung wird empfohlen.*
Adresse*: Buščina 18, 52470 Umag, www.konoba-buscina.hr*

Unter der identen Adresse, jedoch Buščina 18/b findet sich der ***Olivenzüchter Enio Zubin*** *mit 3 500 Olivenbäumen, die er nach streng ökologischen Richtlinien bewirtschaftet. Daraus gewinnt er das Olivenöl Oio de Buščina-Črnica, das vom Olivenölführer Flos Olei in die TOP 20 der besten Olivenöle der Welt aufgenommen wurde.*
Adresse*: Buščina 18/b, 52470 Umag*

Die kleine steinerne Bank rechts vom Kircheneingang.

43 SVETI LOVREČ

Das kleine Städtchen Sveti Lovreč mit 1 000 Einwohnern liegt zwölf Kilometer südöstlich von Poreč und ist einer der am besten erhaltenen mittelalterlichen, befestigten Orte auf der istrischen Halbinsel. Die noch heute vorhandenen Befestigungen stammen aus der Zeit, als Sveti Lovreč unter venezianischer Herrschaft stand.

Basilika hl. Martin (Sv. Martin), ehemaliger Brunnen

Koordinaten 45° 10' 32" N – 013° 44' 41" O

In der vor Kurzem restaurierten dreischiffigen Basilika hl. Martin finden sich die ältesten Fresken von Istrien, die im 11. Jahrhundert entstanden sind. An die Südseite der Basilika ist die Stadtloggia angebaut, in der sich verschiedene steinerne Fragmente, beginnend mit der Römerzeit, befinden. Vor der Stadtloggia steht die Säule der Scham, die in ihrer Funktion einem Pranger entspricht.

Der Uhrturm befindet sich an der Südostseite der Basilika. Vor dem Campanile führt eine kleine Treppe über die Stadtmauer. Links von der Treppe trennt eine Natursteinmauer die beiden halbrunden Apsiden des linken Seitenschiffs und des Hauptschiffs der Kirche. In die Mauer sind zwei Steinpfeiler, die von einem Steinbogen mit Schlussstein überspannt werden, eingelassen. Zwischen den Pfeilern befinden sich zwei Steinbecken, wobei beim oberen Becken zwei mit Blumenornamenten verzierte Auslassöffnungen für die Brunnenrohre sichtbar sind. Dieser ungewöhnliche ehemalige Brunnen steht auf einem Kraftplatz.

Der Brunnen befindet sich an der Apsis der Kirche hl. Martin.

Kommunalpalast mit Stadtzisterne

Koordinaten 45° 10' 34" N – 013° 44' 39" O

Nördlich der Basilika steht der ehemalige Kommunalpalast oder das, was von ihm noch übrig geblieben ist. Verblieben sind drei mächtige, hohe Umfassungsmauern, wobei auf der Nordseite sofort eine Treppe ins Nichts auffällt. Die Mauern begrenzen die Stadtzisterne, wobei der Brunnen nicht mittig, sondern südseitig angebracht ist. Der Brunnen, in Form eines Säulenkapitells, ist mit einer schmiedeeisernen Abdeckung verschlossen. Er steht auf einem Kraftplatz.

Der Brunnen der Stadtzisterne im Kommunalpalast.

Friedhofskirche hl. Laurentius (Sv. Loreč), Kirchenschwelle

Koordinaten 45° 10' 45" N – 013° 44' 30" O

Zwischen der Nord- und der Westausfahrt von Sveti Lovreč liegt der kleine Friedhof mit der Kirche hl. Laurentius, der nicht nur dem Ort seinen Namen gegeben hat, sondern auch der Ortspatron von Sveti Lovreč ist. Die Kirche stammt aus dem 8. Jahrhundert, der romanische Campanile aus dem 11. Jahrhundert. Die halbrunde Apsis wurde in Form eines Kažun ausgebildet (siehe dazu GAJANA auf Seite 57).

Entgegen den üblichen Regeln für Kirchenschwellen (siehe dazu Seite 202) befindet sich der Kraftort in der Mitte von dieser. Durch die Kirche verläuft auch eine Planetenlinie Mars, wie wir sie bei vielen Kirchen gefunden haben, die dem hl. Laurentius geweiht sind.

Die Gräber des Friedhofs sind gut gepflegt, der gesamte Blumenschmuck besteht jedoch aus Kunstblumen, wohl der großen Hitze im Sommer geschuldet.

Touristische Hinweise

Drei Kilometer östlich von Sveti Lovreč liegt das Dorf Vošteni mit der ***Tomaževa konoba Family agritourism.*** *In dem kleinen Schmuckstück werden seit über 40 Jahren die Gäste in rustikaler Umgebung mit istrischen Spezialitäten verwöhnt. Istrischer Pršut, Wurst, Ombolo und Speck stammen aus der hauseigenen Produktion.*

Adresse*: 52448 Sveti Lovreč, Vošteni 19, www.tomaso.hr*

DIE TREPPE INS NICHTS BEIM EHEMALIGEN STADTPALAST.

Die Friedhofskirche hl. Laurentius.

44 SVETI PETAR U ŠUMI

Der kleine Ort Sveti Petar u Šumi – was auf Deutsch St. Peter im Walde bedeutet – umfasst 1 000 Einwohner und liegt acht Kilometer südwestlich von Pazin. Bekannt ist er durch das ehemalige Benediktinerkloster St. Peter und Paul, das derzeit renoviert wird.

Pfarrkirche hl. Peter und Paul (Sv. Petar u Šumi), Bodenplatte, Stern

Koordinaten 45° 10' 54" N – 013° 51' 46" O

Das ursprüngliche Benediktinerkloster wurde 1194 erstmals erwähnt und 1449 den Paulinern zugewiesen. Kaiser Josef II. löste das Kloster 1783 auf, das ab 1993 wieder von der Paulinern übernommen und renoviert wurde. Die ehemalige Kloster- und heutige Pfarrkirche wurde auf den Fundamenten einer romanischen Kirche im Stil des Rokoko errichtet und besticht durch die blaue Deckenbemalung. Bemerkenswert ist die Kanzel auf der rechten Seite, die auf einem Platz der Beredsamkeit (siehe dazu Seite 204) errichtet wurde.

Bei Betreten der Kirche fällt vor dem roten Teppich im Mittelgang eine sternförmige Steinplatte auf, die vier Grabplatten miteinander verbindet und auf einem Kraftplatz errichtet wurde. Im Kloster ist der prächtige Kreuzgang mit einem Brunnen in der Mitte sehenswert.

BILD 1

DIE KIRCHE HL. PETER UND PAUL MIT KANZEL AUF EINEM PLATZ DER BEREDSAMKEIT.

BILD 2

DER KREUZGANG DES EHEMALIGEN KLOSTERS ST. PETER UND PAUL.

Die sternförmige Bodenplatte befindet sich auf einem Kraftplatz.

Touristische Hinweise

Die Gaststube aus unverputzten Natursteinen mit rustikalen Tischen und Bänken sowie eine schattigen Terrasse – so präsentiert sich die ***Konoba Danijeli*** *ihren Gästen, die drei Kilometer westlich von Sveti Petar u Šumi liegt. Es gibt typische regionale Küche, mit Steaks vom Grill oder Speisen aus dem Römertopf, aber es werden auch Pastagerichte und verschiedene Nachspeisen serviert.*
Adresse*: Danijeli 76, 52444 Kringa*

45 SVETVINČENAT

Svetvinčenat wurde 965 nach Christus erstmals urkundlich erwähnt und liegt 20 Kilometer östlich von Rovinj. Im Ortszentrum thront die mächtige Burg Grimani mit zwei runden Türmen und einem quadratischen Turm aus dem Jahr 1589. Bemerkenswert beim quadratischen Turm ist ein altes Ziffernblatt einer ehemaligen Turmuhr mit einer 24-Stunden-Anzeige in römischen Ziffern.

Zisternenbrunnen

Koordinaten 45° 05' 16" N – 013° 52' 55" O

Im Südwestteil des Platzes vor der Burg Grimani in Svetvinčenat steht auf Höhe der Loggia ein für Istrien klassischer Zisternenbrunnen. Mit einer Ummauerung und einer mit Steinplatten befestigten Fläche zum Auffangen des Regenwassers wird über Aussparungen das

Der Zisternenbrunnen mit der Loggia im Hintergrund.

Wasser in die darunterliegende Zisterne geleitet. Über den zentralen Brunnen kann das Wasser entnommen werden. Damit das Wasser länger frisch bleibt, wurde der Brunnen über einem Kraftplatz errichtet.

Kirche, Schachtabdeckung

Koordinaten 45° 05' 15" N – 013° 52' 57" O

Auf der Ostseite des Platzes steht die dreischiffige Kirche Maria Verkündigung aus der Renaissance, die jedoch meist versperrt ist. Steht man vor dem zentralen, zweiflügeligen Kirchentor mit darüberliegender einfacher Rosette, so befindet sich auf der linken Seite eine gusseiserne Schachtabdeckung mit dem Stadtwappen von Svetvinčenat. Diese Abdeckung wurde nach einem Kraftplatz ausgerichtet.

Touristische Hinweise

*Gegenüber der Festung befindet sich die **Pizzeria Grimani.** Man sitzt entweder in der gemütlichen Gaststube oder genießt in der warmen Jahreszeit seine Pizza im Schatten der weißen Sonnenschirme. Die Pizzen werden mit frischen Zutaten sehr reichhaltig belegt und im Steinofen gebacken. Weitere Speisen werden nicht angeboten, es gibt jedoch ein umfangreiches Getränkeangebot. Man sollte sich keinesfalls von dem etwas in die Jahre gekommenen Eingangsportal abhalten lassen, die Pizzeria zu besuchen.*

***Adresse**: Svetvinčenat 71, 52342 Svetvinčenat*

BILD 1

DIE KIRCHE MARIA VERKÜNDIGUNG.

BILD 2

DAS 24-STUNDEN-ZIFFERNBLATT AM QUADRATISCHEN TURM DER BURG.

Der Kraftplatz befindet sich im Bereich der Schachtabdeckung vor der Kirche.

46 TINJAN

Die Gemeinde Tinjan mit seinen 1 600 Einwohnern liegt acht Kilometer westlich von Pazin am Westrand des tief eingeschnittenen Dragatales. Tinjan trägt auch den Beinamen ***Stadt des istrischen Rohschinkens*** und ist bekannt für die Herstellung von kosiri, einer Art Sichel.

Park, Gespantisch

Koordinaten 45° 13' 00" N – 013° 50' 26" O

Der kleine Park befindet sich südlich der Kirche am Rande des 100 Meter tiefer gelegenen Dragatales und bietet schöne Ausblicke auf die Ortschaft Kringa. Im Schatten einiger Zürgelbäume stehen eine Statue des hl. Nepomuk sowie ein runder Steintisch mit mehreren Steinquadern als Sitzgelegenheit. Dieser Tisch ist der sogenannte Gespantisch, an dem Richter und Gespane tagten. Istrien ist als Teil des Staates Kroatien eine eigene Gespanschaft. Der Kraftplatz liegt in der Tischmitte.

Der Gespantisch steht in einem Park am Rande des Dragatales.

Touristische Hinweise

*In der **Agriturizam Botra Marija** werden die Gäste mit Speisen nach Omas Rezepten entweder in der rustikalen, aber modern eingerichteten Gaststube oder auf der überdachten Terrasse mit Blick auf den Pool verwöhnt. Das Lokal liegt drei Kilometer südöstlich von Tinjan. Es werden Fleisch-, Grill- und Pastagerichte angeboten, wobei Nachspeisen und Weinauswahl nicht zu kurz kommen.*
***Adresse**: Gljuščići 195, 52404 Sveti Petar u Šumi*

47 UČKA-GEBIRGE

Das Učka-Gebirge mit seinen 1 401 Metern ist das größte Gebirge in Istrien, wobei ein Teil des Massivs zum Naturpark Učka gehört und unter Naturschutz steht.

Wollte man früher von der Westküste Istriens in die Kvarner Bucht, so musste man die kurvenreiche Passstraße über das Učka-Gebirge nehmen, die bis auf knapp 1 000 Meter Seehöhe hinaufführt. Heute ist die Straße verwaist, denn die meisten Autofahrer wählen die schnellere und bequemere Route durch den mautpflichtigen Učka-Tunnel auf der A 8. Auf Grund der wunderbaren Aussicht lohnt sich eine Fahrt über den Pass, zu der man sich jedoch Zeit nehmen sollte, allemal.

Brunnen Joseph II. (Voda Josipa II.)

Koordinaten *45° 18' 21" N – 014° 11' 42" O*

Wenn man von der Passhöhe des Učka-Passes in Richtung Buzet unterwegs ist, erreicht man nach einigen Kehren in einer Linkskurve den Brunnen Joseph II. In der Habsburgermonarchie wurde die Straße über den Učka-Pass ausgebaut und dieses Brunnenbauwerk, das auch als Rastplatz und Viehtränke diente, errichtet.

Interessant ist, dass nur der untere Wasserstrahl die hohen Energiewerte eines Kraftplatzes aufweist. Der obere Wasserstrahl, der aus dem Menschenkopf herausrinnt, ist linksdrehend und weist stark ableitende Wirkung auf. Sie haben damit die Qual der Wahl: Sind Sie müde und kraftlos, trinken Sie vom unteren Wasserstrahl; sind Sie hingegen aufgedreht, sollten Sie sich vom oberen Quell laben.

Der Brunnen Joseph II. an der Učka-Pass-Straße.

Touristische Hinweise

Wer nach mehreren mediterranen Gerichten wieder einmal etwas Handfestes zwischen den Zähnen haben möchte und die 1 000 Höhenmeter auf einer kurvenreichen Bergstraße nicht scheut, ist im ***Restaurant Dopolavoro*** *bestens aufgehoben. Das Lokal liegt völlig in der Einöde, daher unten die Koordinaten. Unter der überdachten Terrasse wähnt man sich ob der vielen Trophäen auf einer Tiroler Alm. Zum Pflichtprogramm gehört eine Wildplatte für zwei Personen – vor der man tunlichst keinen Vorspeisenteller zu sich nehmen sollte und auf der Ragout vom Bären, Wildschwein mit Pilzen und Hirsch mit Heidelbeeren serviert werden. Ein Grappa nach diesem Essen ist obligatorisch.*

Adresse*: Vela Učka 9, 51414 Ičići, www.dopolavoro.hr, Koordinaten: 45° 18' 25" N – 014° 12' 21" O*

48 UMAG

Hafen, Fischerstatue

Koordinaten 45° 26' 02" N – 013° 31' 16" O

Wenn man in Umag von den Parkplätzen entlang der Mole Richtung Campanile geht, gelangt man zu einem kleinen Hafenbecken. Vor diesem Becken steht eine Steinplastik auf einem quadratischen Marmorsockel. Der untere Teil ist ein grob behauener, unregelmäßiger Quader, auf den eine schlankere Plastik aus hellerem Gestein aufgesetzt wurde. Auf der Landseite sieht man ein Kreuz und darunter einen ovalen Kopf mit geschlossenen Augen.

Die Fischerstatue an der Mole von Umag.

Touristische Hinweise

*In der **Konoba Bacchus** werden Sie in der rustikalen Gaststube von einem sehr freundlichen und aufmerksamen Personal verwöhnt. Der Schwerpunkt liegt auf Fisch und Meeresfrüchten, es werden jedoch auch schmackhafte Fleischspeisen, Pasta und Pizzen serviert.*
***Adresse**: Riječka ulica, 52470 Umag, www.taverna-bacchus.com*

49 VEPRINAC

Möchte man einen schönen Ausblick auf Opatija, Rijeka und die Kvarner Bucht genießen, so muss man nach Veprinac fahren, das drei Kilometer westlich von Opatija auf einer Seehöhe von 500 Metern liegt. Allerdings nur bis knapp vor das Stadttor, dann sollte man das Fahrzeug auf einem kleinen Parkplatz auf der linken Seite abstellen. Am Stadttor gibt es glagolitische Schriftzeichen. Auf der linken Seite steht die kleine Kapelle hl. Anna, rechts eine Loggia. Über mehrere Stufen erreicht man die Kirche hl. Markus.

Kirche hl. Markus (Sv. Marco)

Vorplatz, Brunnen bei Linde

Koordinaten gelten für beide Kraftplätze

45° 20' 15" N – 014° 16' 43" O

Nach dem Aufstieg über mehrere Stufenanlagen gelangt man zum Uhrturm der Kirche hl. Markus. Auf der rechten Seite stehen eine mächtige Linde und darunter ein runder Brunnen mit einem verschließbaren Brunnenrohr. Dieser Brunnen wurde auf einem Kraftplatz errichtet. Neben dem Brunnen weitet sich ein kleines Plateau, das einen traumhaften Blick auf das 500 Meter tiefer liegende Opatija und die gesamte Kvarner Bucht bietet.

Der Brunnen steht unter einer Linde und auf einem Kraftplatz.

Kirche hl. Markus (Sv. Marco), Aufgang, Kreuz

Steigt man vom Brunnen die wenigen Stufen zur Kirche hinauf, so steht auf der linken Seite, praktisch gegenüber dem Campanile, ein Kreuz. Dieses Kreuz wurde ebenfalls auf einem Kraftplatz errichtet. Dies ist umso bemerkenswerter, da Kreuze fast nie nach Kraftplätzen ausgerichtet werden. Dies ist die berühmte Ausnahme. Von der Umfassungsmauer der Kirche hl. Markus genießt man nochmals einen erweiterten Rundblick auf die Kvarner Bucht.

Touristische Hinweise

Wenn Sie ein Lokal mit phantastischer Aussicht auf die Kvarner Bucht, mit hervorragendem Essen, gutem Hauswein und freundlicher Bedienung suchen, sind Sie im ***Restaurant Aurora-Veprinac*** *bestens aufgehoben. Das Lokal liegt etwas abseits der Straße B 8, die über den Učka-Pass führt, am Fuße des Hügels, auf dem weithin sichtbar die Kirche hl. Markus steht.* ***Adresse****: Šavroni 2, Veprinac, 51414 Ičići, www.aurora-veprinac.com, genauer sind jedoch die Koordinaten: 45° 19' 37" N – 014° 16' 16" O*

Das Kreuz befindet sich am Aufgang zur Kirche hl. Markus.

50 VIŠNJAN

Višnjan liegt elf Kilometer nordöstlich von Poreč, nahe der Autobahn A 9 und ist seit der Römerzeit besiedelt. Später stand es unter der Herrschaft der Venezianer und gehörte anschließend zur Donaumonarchie. Der alte Stadtkern wurde kreisförmig um einen Hügel errichtet.

Trg Pino Budičin, Loggia

Koordinaten 45° 16' 33" N – 013° 43' 05" O

Am höchsten Punkt von Višnjan befindet sich ein fast einzigartiges Ensemble in unmittelbarer Nähe. Der 27 Meter hohe Campanile stammt aus dem Jahr 1753, die Kirche hl. Quiricus und hl. Julitta aus 1833, der Zisternenbrunnen aus 1842 und die Stadtloggia aus dem Jahr 1765.

Das Dach der nach drei Seiten offenen Stadtloggia wird von Säulen getragen, in der Loggia bietet sich dem Besucher ein Blick auf die Dachkonstruktion. Auf der Westseite sieht man über die Ebene bis zum Meer. Der Kraftplatz befindet sich im Schnittpunkt der Diagonalen der Stadtloggia.

Touristische Hinweise

Ob in der urigen Gaststube oder auf der Terrasse mit schattiger Pergola, Sie werden in der ***Taverna Borgonja*** *vom sehr netten Personal vorzüglich bedient. Vor allem Fleischgerichte mit äußerst zarten Fleischsorten überzeugen die Gäste. Aber auch Pizza und Pasta mit Trüffeln sowie eine große Auswahl an Desserts sind zu empfehlen. Eine Tischreservierung ist von Vorteil.* ***Adresse:*** *Ulica Istarska 11, 52463 Višnjan*

Der Kraftplatz liegt in der Mitte der Stadtloggia.

EIN SELTENES ENSEMBLE: ZISTERNENBRUNNEN, STADTLOGGIA, CAMPANILE, KIRCHE.

51 VIŽINADA

Vižinada hat 1 100 Einwohner und liegt sechs Kilometer westlich von Motovun am orografisch linken Mirnaufer. Über mehrere Jahrhunderte wurde der Ort von den Venezianern beherrscht. Vižinada liegt an der mittlerweile eingestellten Parenzana-Eisenbahn, deren Trasse mit dem Rad befahren werden kann. Von der Südseite der Kirche hl. Hieronymus genießt man einen beeindruckenden Blick auf die Hügelstadt Motovun.

Kirche hl. Hieronymus (Sv. Jeronim), Campanile

Koordinaten 45° 19' 50" N – 013° 45' 40" O

Die Kirche hl. Hieronymus am Ostrand des Ortsplatzes stammt aus dem 16. Jahrhundert und wurde 1837 umgebaut. Der 25 Meter hohe, freistehende Glockenturm wurde im 17. Jahrhundert errichtet. Dieser steht auf einem Kraftplatz, der seine Informationen über die Kantenstrahlung (siehe Seite 203) abgibt.

Westlich der Kirche wurde eine Zisterne mit vier Ecksäulen erbaut, die sogar zwei schön verzierte Brunnen aufweist. Leider wurde die Anlage nach keinem Kraftplatz ausgerichtet.

Touristische Hinweise

*Die **Agriturizam Selo Mekiši** liegt zweieinhalb Kilometer südwestlich von Vižinada und man genießt seine Speisen entweder in der mediterran eingerichteten Gaststube oder auf der überdachten Terrasse mit Blick auf einen Olivenhain. Es gibt keine Speisekarte, denn das Essen wird empfohlen. Besondere Spezialität des Hauses sind Steaks aus eigener Produktion mit Trüffeln, aber es gibt alle Arten von Fleisch-, Grill- und Pastagerichten in Verbindung mit dem passenden Wein.*
***Adresse**: 5244 Mekiši kod Kaštelira. Da das Lokal etwas schwierig zu finden ist, hier die Koordinaten: 45° 18' 35" N – 013° 45' 02" O*

BLICK VON VIŽINADA AUF DIE HÜGELSTADT MOTOVUN.

Der 25 Meter hohe Campanile stammt aus dem 17. Jahrhundert.

52 VRH

Die kleine Ortschaft Vrh mit 124 Einwohnern liegt fünf Kilometer südwestlich von Buzet auf einer Seehöhe von 380 Metern und bietet einen wunderbaren Ausblick nach allen Richtungen.

Kirche Maria Himmelfahrt (Sv. Uznesenja Blažene Djevice Marije), Campanile

Koordinaten 45° 21' 34" N – 013° 56' 22" O

Der freistehende Campanile der Kirche Maria Himmelfahrt, die aus dem 16. Jahrhundert stammt, ist die höchste Erhebung weit und breit in der Umgebung. Der Uhrturm wurde auf einem Kraftplatz errichtet. Auf Grund seiner exponierten Lage ist die Kantenstrahlung (siehe dazu Seite 203) weithin spürbar.

Touristische Hinweise

*Schräg gegenüber der Kirche mit dem Campanile befindet sich die **Konoba Vrh** direkt an der Straße und wird daher von manchen Gästen liebevoll als Kirchenwirt bezeichnet. In der warmen Jahreszeit kann man unter einer Pergola Steaks oder Nudelgerichte mit reichlich Trüffeln genießen. **Adresse**: Vrh 2, 52420 Buzet.*

*Seit Generationen geht die Familie Karlić mit ihren ausgebildeten Hunden in den istrischen Wäldern auf Trüffeljagd. Am Standort Paladini, über dem Butoniga-See, bietet die **Firma Karlić Tartufi** eine Vielzahl an Trüffelprodukten sowie istrische Spezialitäten an. Es werden auch Trüffelsuchen mit der Familie Karlić angeboten.*

***Adresse**: Paladini 14, 52420 Buzet, www.karlictartufi.hr*

*Fährt man von Paladini auf einer steilen Straße weiter talwärts Richtung Südwesten, so erreicht man nach zwei Kilometern den **Butoniga-Stausee**, der mit einem Wasserinhalt von 20 Millionen Kubikmetern der Trinkwasserversorgung von Südistrien dient. Am Fuße des Staudamms steht das Trinkwasserwerk, welches das Wasser über langsame Sandfilter reinigt.*

Der Campanile von Vrh ist die höchste Erhebung im weiten Umkreis.

DER BUTONIGA-STAUSEE IST DER TRINKWASSERSPEICHER ISTRIENS – IM VORDERGRUND DAS TRINKWASSERWERK.

53 VRSAR

Die Gemeinde Vrsar mit 2 100 Einwohnern liegt zwei Kilometer nördlich des Limski-Kanals, wobei die Altstadt, auf einem Hügel gelegen, vom Glockenturm der Kirche hl. Martin überragt wird. Es gibt Siedlungsspuren aus der Jungsteinzeit, später kamen die Römer und die Bischöfe von Poreč. Nach dem Ersten Weltkrieg endete die Herrschaft der Habsburger. Mitte des 18. Jahrhunderts stattete Giacomo Casanova Vrsar zwei Mal einen Besuch ab und war vom Wein und der holden Weiblichkeit sehr angetan. Eineinhalb Kilometer nördlich von Vrsar liegt der interessante Skulpturenpark von Dušan Džamonija.

Kirche hl. Martin (Sv. Martin), Taufbecken

Koordinaten 45° 09' 03" N – 013° 36' 23" O

Die Kirche hl. Martin wurde nach einer Bauzeit von 131 Jahren im Jahr 1935 fertiggestellt. In der dreischiffigen Kirche fallen die einfache Holzdecke sowie die Namen der Spender auf den Säulen auf. Im Altarbereich dominieren Blau- und Goldtöne. In der Südwestecke des linken Seitenschiffes steht ein Marmortaufbecken auf einem achteckigen Sockel und einem mit Blumenmotiven verzierten Aufsatz. Dieses Taufbecken stammt aus der alten Kirche hl. Martin, die sich ursprünglich am Hauptplatz von Vrsar befand. Das Taufbecken wurde nach einem Kraftplatz ausgerichtet.

An der Westseite der Kirche steht ein völlig neu aussehender Campanile und der Eindruck täuscht nicht, denn er wurde erst 1991 fertiggestellt. Auf Grund des umfassenden Überblicks lohnt sich der Aufstieg über die 88 Stufen bei Schönwetter in jedem Fall.

Das Taufbecken der Kirche hl. Martin.

Aussichtspunkt, Zürgelbaum

Koordinaten 45° 09' 05" N – 013° 36' 23" O

Geht man der Straße zwischen der Ostseite der Kirche hl. Martin und der mächtigen Stadtmauer entlang, so erreicht man nach wenigen Metern eine kleine Aussichtsplattform, von der man einen wunderbaren Ausblick auf den Hafen und die dahinterliegende Inselwelt genießen kann. Im Schatten eines mächtigen Zürgelbaumes, der auf einem Kraftplatz gepflanzt wurde, stehen zwei Sitzbänke, auf denen man auch hochsommerliche Temperaturen leichter ertragen kann.

Im Schatten des Zürgelbaumes kann man die Aussicht genießen.

Aussichtspunkt, Steinbank

Koordinaten 45° 09' 04" N – 013° 36' 21" O

Vom obigen Zürgelbaum führt ein Fußweg in westliche Richtung, der sich nach etwa 50 Metern zu einem kleinen Platz Richtung Meer weitet und von Natursteinmauern eingefasst ist. Auf einem Natursteinpodest steht eine Sitzbank aus weißem Marmor, deren Rückenlehne zwei Torsi, jedoch mit Kopf, bilden, die erhobenen Hauptes Richtung Meer blicken. Die Bank wurde auf einem Kraftplatz errichtet und lädt geradezu ein, den wunderbaren Blick auf den Hafen zu genießen und sich in die Zeitnische (siehe dazu Seite 202) hineinzufühlen.

Dieser Platz hat uns so gut gefallen, dass wir das Foto für das Buchcover verwendet haben.

Diesen Kraftplatz haben wir als Coverfoto für dieses Buch ausgewählt.

Kirche hl. Anton (Sv. Antun) – heute Kunstgalerie

Koordinaten *45° 08' 59" N – 013° 36' 20" O*

Geht man vom Hafen über die Porečka ulica zur Kirche hl. Martin, so gelangt man zu einem Platz mit der kleinen Kirche hl. Anton aus dem Jahr 1656. Die Glocke im Glockenstuhl ist leider abhanden gekommen, das Dach der Vorhalle wird von zehn Säulen getragen. Der Aufstieg zur Kirche erfolgt über eine steile Treppe. Der Kraftplatz befindet sich im Schnittpunkt der Diagonalen des Vorplatzes. Heute wird das Gebäude als Kunstgalerie verwendet.

Gegenüber der Kirche hl. Anton befindet sich das Café Ladonja, das seinen Namen vom Zürgelbaum auf der anderen Straßenseite erhalten hat. Auf Kroatisch heißt nämlich Zürgelbaum Ladonja.

Der Kraftplatz befindet sich in der Mitte der Vorhalle.

Touristische Hinweise

*Das **Restaurant Al Mare** liegt direkt an der Hafenpromenade von Vrsar und bietet seinen Gästen von der überdachten Terrasse über Palmen hinweg einen wunderbaren Meeresblick. Vom stets freundlichen und bemühten Service mit sehr guten Deutschkenntnissen (kein Wunder, denn ein Familienmitglied arbeitet im Winter in Schladming) werden istrische Spezialitäten von Fleisch und Fisch serviert. Zum Abschluss darf ein herrlicher Grappa auf Kosten des Hauses nicht fehlen.*
***Adresse**: Obala Maršala Tita 4, 52450 Vrsar*

*Zwei Kilometer südlich von Vrsar beginnt der 10 Kilometer lange **„Limski-Kanal“.** Der Meeresarm entstand über Millionen von Jahren durch den Fluss Pazinčica. Auf Grund der hohen Sauerstoffkonzentration gibt es mehrere Fisch- und Muschelzuchten. Von den nördlich und südlich vom Limski-Kanal gelegenen Orten kann man mit Booten den Kanal befahren, das Baden ist jedoch verboten.*

BILD 1

VOM CAMPANILE DER KIRCHE HL. MARTIN SIEHT MAN BIS ZUM LIMSKI-KANAL.

BILD 2

DER SKULPTURENPARK VON DUŠAN DŽAMONIJA.

54 ŽMINJ

Die Kleinstadt Žminj mit 3 400 Einwohnern liegt elf Kilometer südlich von Pazin und war bereits in der Spätantike besiedelt. Bei Ausgrabungen stießen Archäologen auf antike Ohrringe, die als Ohrringe von Žminj bekannt wurden und als Nachbildung erworben werden können.

Kirche hl. Michael (Sv. Mihovil)

Vorplatz West, Zürgelbaum

Koordinaten *45° 08' 34" N – 013° 54' 25" O*

Am Vorplatz, westlich der Kirche hl. Michael, steht ein 15 Meter hoher Zürgelbaum, der auf einem Kraftplatz gepflanzt wurde. Er ist das Wahrzeichen von Zminj und Symbol der Region Istrien. In seinem Schatten steht eine Sitzbank, die zum Verweilen einlädt.

Vor der Kirche hl. Michael steht dieser mächtige Zürgelbaum, das Symbol der Region Istrien.

Kirche hl. Michael (Sv. Mihovil), Vorraum

Koordinaten 45° 08' 34" N – 013° 54' 25" O

Die Kirche hl. Michael stammt auf dem 12. Jahrhundert und wurde im 17. Jahrhundert barockisiert. An der Südwestecke steht ein mächtiger, runder Wartturm von einem ehemaligen Kastell.

Nach dem Öffnen der Kirchentüre gelangt man in einen kleinen Vorraum, wobei sich der Kraftplatz im Schnittpunkt der Diagonalen befindet.

Der Kraftplatz befindet sich in der Mitte der kleinen Vorhalle der Kirche hl. Michael.

Zisterne mit drei Brunnen

Koordinaten 45° 08' 33" N – 013° 54' 26" O

Südlich der Kirche wurde ein Zisternenbrunnen errichtet, der eine besondere Rarität darstellt. Er ist von einer halbhohen Mauer umgeben, an der Vorderseite befindet sich ein Tor mit einem schmiedeeisernen Gitter. Der Platz ist mit Steinplatten befestigt und über Öffnungen kann das Regenwasser in die darunterliegende Zisterne gelangen. Die Besonderheit sind drei Wasserentnahmestellen, zwei runde, steinerne Brunnen mit einem schmiedeeisernen, verzierten Bogen zur Wasserentnahme sowie ein Brunnen aus Metall mit einem Brunnenrohr. Der steinerne Brunnen beim Eingang steht auf einem Kraftplatz.

Touristische Hinweise

*Die **Konoba Krculi** liegt einen Kilometer östlich vom Žminj im Grünen und ist auch auf große Reisegruppen vorbereitet, für die es auf Wunsch auch Folklorevorführungen gibt. Die großzügigen, im istrischen Stil eingerichteten Gaststuben erinnern im Entfernten an ein Festzelt auf dem Münchner Oktoberfest. Neben Schinken, Käse, istrischer Gemüsesuppe, Gnocchi und Pastagerichten gibt es Fleisch in allen Arten der Zubereitung. Natürlich dürfen Wein und Grappa nicht fehlen. **Adresse**: Krculi 5, 52341 Žminj, www.konoba-krculi.hr*

Ein seltener Zisternenbrunnen mit drei Wasserentnahmestellen.

55 ZRENJ

Der kleine Weiler Zrenj liegt vier Kilometer nordöstlich von Oprtalj auf einer Seehöhe von 460 Metern auf einem kleinen Hügel.

Kirche hl. Georg (Sv. Juraj), Campanile

Koordinaten 45° 24' 11" N – 013° 52' 21" O

Am höchsten Punkt von Zrenj stehen das schlichte Gotteshaus, das dem hl. Georg geweiht ist, sowie der Campanile, der auf einem Kraftort errichtet wurde. Die Informationen des Kraftplatzes werden über die Kantenstrahlung (siehe dazu Seite 203) abgegeben.

Touristische Hinweise

Falls Sie abseits der Touristenpfade inmitten der Natur istrische Spezialitäten aus eigener Produktion mit vielen Trüffeln genießen wollen, dann sind Sie bei ***Agroturizam Nežić*** *an der richtigen Adresse. Der Hausherr, der auch gerne zur Zierharmonika greift, verwöhnt seine Gäste mit einfachen, aber exzellenten Speisen in der rustikalen Gaststube oder auf der Terrasse.* ***Adresse****: Zrenj 11, 52428 Zrenj*

Der Campanile steht am höchsten Punkt auf einem Kraftplatz.

Slowenien

56 HRASTOVLJE

Das Dorf Hrastovlje mit 140 Einwohnern liegt 14 km südöstlich von Koper im Tal der Rižana und lebt in erster Linie vom Weinanbau und vom Tourismus.

Jubiläumsstele

Koordinaten Stele 45° 30' 25" N – 013° 54' 03" O -
Koordinaten Dreifaltigkeitskirche
45° 30' 34" N – 013° 54' 06" O

Bevor wir jedoch auf die Stele eingehen, bei der sich der Kraftplatz befindet, möchten wir uns jenem romanischen Bauwerk zuwenden, wofür Hrastovlje weit über die Grenzen hinaus berühmt ist: die Dreifaltigkeitskirche. Die Kirche aus dem 12. Jahrhundert befindet sich weithin sichtbar auf einem kleinen Hügel südöstlich des Orts-

Die wehrhafte Dreifaltigkeitskirche von Hrastovlje.

zentrums. Zum Schutz gegen Angreifer aus dem Osten wurde im 16. Jahrhundert eine mächtige Wehrmauer mit Ecktürmen errichtet.

Im Jahre 1949 wurden mittelalterliche Bauernfresken entdeckt und anschließend aufwendig restauriert. Sie zeigen unter anderem Darstellungen aus der Schöpfungsgeschichte und aus dem Leben Jesu. Der istrische Maler Johannes aus Kastav hat 1490 in der Kirche ein berühmtes Totentanz-Fresko geschaffen, darunter auch eine Inschrift in glagolitischer Schrift. Bei der Beschreibung der Glagolitischen Allee in Forčići in Kroatien haben wir uns näher mit dieser alten Schrift befasst. Da die meisten Kirchenbesucher im Mittelalter des Lesens nicht mächtig waren, boten die Fresken eine Bibel in Bildern.

Der Vater von Johannes aus Kastav, Vincent aus Kastav, hat 1474 in der Kirche hl. Maria auf den Steintafeln am Friedhof von Beram in Kroatien ebenfalls einen beeindruckenden Zyklus eines Totentanzes geschaffen. Auch bei dieser Kirche spielt eine Stele eine bedeutende Rolle.

Wenn man die Kirche betritt, wird man von der Aufsichtsperson Rihter Rozana freundlich empfangen. Gegen einen kleinen Obolus entwickelt sie ein Schauspiel, das wirklich sehenswert ist. Auf Tonband hat sie in mehreren Sprachen die Erläuterungen zu den einzelnen Fresken gespeichert. Sie spielt dieses Tonband in der gewünschten Sprache ab und zeigt dabei mit einem Laserpointer auf das betreffende Fresko. Dabei bewegt sie sich so flink zwischen den Säulen hin und her, um auf die akustisch vorgestellten Fresken zu zeigen, dass man Mühe hat, den Ausführungen zu folgen. In den meisten Reiseführern ist zu lesen, dass man in der Kirche nicht fotografieren darf. Das ist falsch, man darf sehr wohl ohne Blitz fotografieren, eine entsprechende Kamera vorausgesetzt.

290 Meter südwestlich der Wehrkirche steht auf einer kleinen Wiese eine Stele. Nähert man sich ihr über einen steilen Weg von der Südseite, so nimmt man sie vorerst als einfachen Steinquader wahr. Die Statue wurde vom akademischen Bildhauer Jože Pohlen im Jahre 1990 dem Ort Hrastovlje anlässlich des 500-jährigen Entstehungsjubiläums der Fresken geschenkt. Erst auf der Nordseite der Plastik eröffnet sich dem Betrachter eine Frauengestalt, die Richtung Dreifaltigkeitskirche blickt. Die Gedenkstätte wurde exakt auf einem Kraftplatz errichtet und ist mit der Kirche über eine seltene 13-fache Geomantie verbunden. Auch im Jahr 1990 ist das alte Wissen um die Errichtung von Geomantien (siehe dazu Seite 201 f.) noch nicht in Vergessenheit geraten.

Der Künstler hat die Frau in Form einer Karyatide – in der Architektur eine weibliche Figur in tragender Funktion – gestaltet und stellt eine Šavrinka dar. Die istrische Frau oder Šavrinka war eine sehr arbeitssüchtige Frau. Die Frauen aus dieser Gegend trugen ver-

Ein Ausschnitt aus dem berühmten Totentanzfresko.

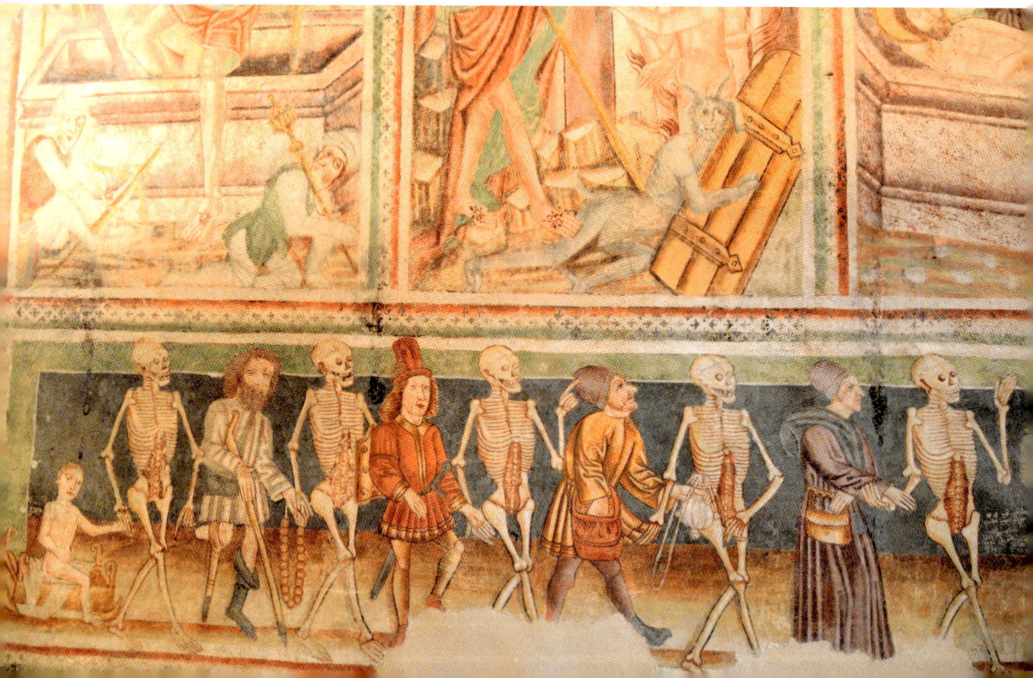

schiedene Produkte in Körben auf dem Kopf in die Küstenstädte und nach Triest, um die Waren dort zu verkaufen. Es gab unterschiedliche Šavrinkas, so zum Beispiel Eierfrauen, Brotfrauen, Milchfrauen und Kuchenfrauen. Außerdem trugen Waschfrauen die Wäsche aus den Städten nach Hause, um sie dort zu waschen.

Von dem leicht erhöhten Standort des Kunstwerkes hat man einen phantastischen Blick auf die Dreifaltigkeitskirche und man kann sich in Ruhe in den Kraftplatz und in die Zeitnische hineinfühlen. Außer es fährt gerade ein Güterzug durchs Tal. Denn wenn man bei der Kirche oder der Stele steht, hört man öfters ein unangenehm scheppern-des Geräusch eines Güterzuges, das sich zuerst taleinwärts bewegt und nach kurzer Zeit wieder talauswärts hörbar wird. Die Züge kommen von einer Hochebene mit einer Seehöhe von etwa 500 Metern und müssen auf ihrer Fahrt zum Endbahnhof in Koper 500 Höhenmeter überwinden. Daher fahren sie weit in das Rižanatal, um im Bereich eines Kehrentunnels die Fahrtrichtung um 180 Grad zu ändern und anschließend talaus Richtung Koper zu fahren. Nach einigen Minuten kehrt jedoch die Ruhe wieder in das einsame Tal zurück.

Touristische Hinweise

*Fährt oder geht man von der Kirche von Hrastovlje zur Stele, so liegt auf halbem Wege auf der rechten Straßenseite die **Gostilna Švab**. In der einfachen Gaststube und auf der Terrasse werden Fleisch- und Grillspezialitäten, slowenische Hausmannskost, aber auch Pasta- und Trüffelgerichte zu lokalen Weinen serviert.*

***Adresse**: Hrastovlje 53, 6275 Hrastovlje, www.gostilnasvab.com*

DIE ŠAVRINKA BLICKT AUF DIE DREIFALTIGKEITSKIRCHE.

Die Plastik der Šavrinka wurde auf dem Kraftplatz errichtet.

57 IZOLA

Die Stadt Izola hat 15 000 Einwohner und liegt an der adriatischen Küste von Slowenien. Ab dem 13. Jahrhundert stand Izola unter venezianischer Herrschaft, ab 1797 gehörte es zur Habsburger Monarchie. Im 19. Jahrhundert wurde die bisherige Insel mit dem Festland verbunden. In der Marina finden 700 Boote Liegeplätze. Neben einem Fischverarbeitungsbetrieb ist der Tourismus sehr bedeutend.

Park beim Veliki trg, Brunnen mit Wasserspiel

Koordinaten 45° 32' 20" N – 013° 39' 27" O

Am Veliki-Platz (Veliki trg), mit Blick auf das runde Hafenbecken, wurde ein rechteckiger Park angelegt, in dessen Zentrum sich eine kreisförmige Fläche befindet, von der vier Wege, entsprechend den Haupthimmelsrichtungen, nach außen führen. In Platzmitte steht ein rundes Brunnenbecken mit Sitzgelegenheiten am Rand und im Zentrum ein senkrechtes Brunnenrohr, von dem das Wasser unter Bildung einer Halbkugel in das Becken zurückfließt. Der Brunnen wurde auf einem Kraftplatz errichtet und die umgebenden Sitzbänke laden zum Verweilen ein.

Die Bänke um den Brunnen laden zum Verweilen ein.

Kirche hl. Maurus (Sv. Mavro), Campanile und Zürgelbaum

Koordinaten 45° 32' 23" N – 013° 39' 30" O

Auf einem kleinen Hügel über der Altstadt von Izola thront die mächtigere, barocke Kirche hl. Maurus aus 1547 mit einem 30 Meter hohen Campanile. Der Glockenturm wurde auf einem Kraftplatz errichtet und strahlt seine Informationen über die Kantenstrahlung (siehe Seite 203) in die Umgebung ab.

15 Meter südöstlich des Campanile steht neben einem Kastanienbaum ein mächtiger Zürgelbaum, der ebenfalls auf einem Kraftplatz gepflanzt wurde.

Touristische Hinweise

*Das **Hotel Marina** liegt direkt am halbrunden Hafenbecken der Marina und besitzt meerseitig eine schattige Terrasse. Liebhaber von Meeresfrüchten kommen hier voll auf ihre Kosten. Das Motto des Küchenchefs lautet „aus dem Meer auf den Teller". Für die Rezepte werden nur beste Rohstoffe aus lokaler Produktion verwendet. Das kalt gepresste Olivenöl kommt aus dem eigenen Olivenhain.*

***Adresse**: Hotel Marina, Veliki Trg 11, 6310 Izola, www.hotelmarina.si*

BLICK AUF IZOLA UND DAS IZOLA GENERAL HOSPITAL AM HÜGEL.

Der Campanile der Kirche hl. Maurus, davor der Zürgelbaum.

58 KOPER

Die Stadt Koper mit ihren 24 000 Einwohnern ist der einzige Seehafen Sloweniens und liegt zwölf Kilometer südwestlich von Triest. Eine kleine Siedlung war bereits in der Antike bekannt, im 8. Jahrhundert wurde Koper Bischofssitz. Ab dem 13. Jahrhundert gehörte es zu Venedig, später zu den Habsburgern.

Vergerjev-Platz (Vergerjev trg), Park, Brunnen

Koordinaten 45° 32' 58" N – 013° 43' 47" O

Im Hafen von Koper, im Bereich der beeindruckenden Festungsmauer, wo gegenüber an der Kaimauer meist zwei Schlepper liegen, die auf die Namen Neptun und Zeus getauft wurden, befinden sich viele Parkplätze, von denen aus man rasch in die Altstadt gelangt.

Man kann sportlich die Treppe benützen oder wie wir, obwohl bereits 60+ noch immer mit leicht infantilem Gemüt, einen voll verglasten Lift. Man stellt sein Handy auf Video, drückt auf obere Etage und bekommt eine perfekte Kamerafahrt mit nach oben hin immer tollerer Aussicht über den Hafen. Natürlich muss man so eine einmalige Gelegenheit mehrmals probieren.

Geht man vom Lift einige Schritte nach Süden, so gelangt man auf den Vergerjev-Platz mit einem schön gestalteten Park. Im Zentrum steht auf einem runden Sockel ein Brunnen, der an der Basis rund und im oberen Abschluss quadratisch ist. An den Seiten sind bogenförmige Verzierungen angebracht. Der Brunnen steht auf einem Kraftplatz und die umgebenden Sitzgelegenheiten unter einer Pergola laden zum Verweilen ein.

KAMERAFAHRT IM GLÄSERNEN
LIFT IM HAFEN VON KOPER

Der Brunnen, der von einer Pergola umgeben ist, lädt zum Verweilen ein.

Touristische Hinweise

Auf der Nordseite des Titov trg befindet sich die im venezianisch-gotischen Stil errichtete Weiße Loggia aus dem Jahre 1462 mit der ***Loggia Caffe Kavarna.*** *Sitzt man in der warmen Jahreszeit unter den Arkaden, kann man den Blick auf den an der Südseite des Platzes befindlichen zinnengekrönten Prätorenpalast aus dem 13. Jahrhundert genießen. Espresso und Cappuccino in exzellenter Qualität werden mit diversen kleinen Süßigkeiten serviert. In Österreich und Deutschland würde man dafür mindestens das Doppelte bezahlen.*
Adresse*: Titov trg 1, 6000 Koper*

59 PIRAN

Die Stadt Piran hat 17 000 Einwohner und liegt in der südwestlichsten Ecke Sloweniens an der Adria. Die von der venezianischen Architektur geprägte Altstadt ist ein Touristenmagnet ersten Ranges. Die Stadt wird von der Kathedrale hl. Georg überragt, das Zentrum der Stadt bildet der Tartiniplatz und die südliche Standpromenade wird von zahlreichen Restaurants gesäumt.

Minoritenkloster, Kreuzgang, Brunnen

Adresse *Bolniška 30, 6330 Piran*
Koordinaten *45° 31' 42" N – 013° 34' 11" O*

Das Kloster wurde um 1300 gegründet und wird heute noch von den Minoriten betreut. In der Klosterbibliothek werden Bücher aus dem 15. Jahrhundert verwahrt. Der Renaissance-Kreuzgang zeichnet sich durch eine phantastische Akustik aus, sodass schon seit Jahren in diesem Ambiente die Piraner Musikabende und das Tartini-Festival stattfinden. Im Innenhof des Kreuzganges steht ein achteckiger Brunnen mit einem schmiedeeisernen Bogen zur Wasserentnahme. Der Brunnen wurde nach einem Kraftplatz ausgerichtet.

Sehenswert ist auch die angeschlossene Franziskus-Kirche aus dem 14. Jahrhundert, in der sich das Grab des Komponisten und Geigers Giuseppe Tartini samt Familie befindet, zu dessen Ehre der Tartini-Platz benannt wurde.

Der sehenswerte Kreuzgang mit achteckigem Brunnen.

Kirche hl. Georg (Sv. Juri), Campanile

Koordinaten 45° 31' 46" N – 013° 34' 07" O

Nördlich der Altstadt thront auf einer Felsklippe, die nach Norden hin steil abfällt, die barocke Kirche hl. Georg mit einem freistehenden Campanile, an dessen Spitze der Erzengel Gabriel die Windrichtung anzeigt. Der Glockenturm wurde auf einem Kraftplatz errichtet und dessen Wirkung ist über die Kantenstrahlung (siehe dazu Seite 203) weithin spürbar.

Bei schönem Wetter sollten Sie einen Aufstieg auf den Campanile auf keinen Fall versäumen. Aus der Glockenstube genießen Sie über die großen Bogenfenster einen phantastischen Überblick über Piran und die Umgebung. Die Ausblicke auf den Tartini-Platz oder die Westspitze von Piran lassen jedes Fotografenherz höher schlagen.

Die Kirche hl. Georg mit dem Campanile steht am höchsten Punkt von Piran.

Touristische Hinweise

An der Südseite von Piran in der Gregorčičeva ulica gibt es eine Vielzahl an Restaurants. Eines davon ist die ***Gostilna Ivo.*** *Im mediterran eingerichteten Restaurant und auf der überdachten Terrasse werden alle Arten von Fischgerichten serviert. Zusätzlich gibt es Pasta, Desserts und den passenden Wein. Der Blick aufs Meer verstärkt das Urlaubsfeeling.* ***Adresse****: Gregorčičeva ulica 31/33, 6330 Piran, www.gostilna-ivo.com*

BILD 1

BLICK VOM CAMPANILE
AUF DEN TARTINI-PLATZ.

BILD 2

BLICK VOM CAMPANILE
AUF DIE WESTSPITZE VON PIRAN.

UNSERE WERKZEUGE

Wir werden immer wieder gefragt, welche Werkzeuge wir auf der Suche nach Kraftplätzen verwenden. Wir benützen für unsere Forschungen eine ***H3-Antenne der Schweizer Firma HPC***. Die 15 Zentimeter lange Skala mit Millimetereinteilung ist ähnlich einem Rechenschieber aufgebaut, an deren unterem Ende zwei Kunststoffgriffe montiert sind. Die H3-Antenne verfügt über eine Lecherleitung, die vom österreichischen Physiker Ernst Lecher entwickelt wurde. Mit diesem abstimmbaren Spezialinstrument sind etwa 24 000 Einstellungen in den verschiedenen Fachbereichen wie Geologie, Botanik, Mineralogie, Biologie usw. möglich. Mittels Qualitätenschalter können induktiv und kapazitiv unterschieden werden, mit dem Polarisationsschalter sind linksdrehend, rechtdrehend und unipolar zu ermitteln.

IM DETAIL

Die drei Bausteine von Kraftplätzen

Wasserführende Zonen, die auch umgangssprachlich als ***Wasseradern*** bekannt sind, entstehen durch das Versickern von Niederschlägen aller Art. Wichtig ist in diesem Zusammenhang zu wissen, dass bei jedem Verdunstungsvorgang Wasser wieder auf ***linksdrehende Polarisation*** zurückgestellt wird. Daraus folgt, dass alle Niederschläge wie Regen, Schnee oder Hagel linksdrehend sind. Wie entstehen jedoch Heilwässer, Augenbründl oder Heilige Wässer, die hohe rechtsdrehende Anteile aufweisen?

Dabei kommt unser zweiter Baustein in Form einer ***Verwerfung*** ins Spiel. Verwerfungen sind einfach ausgedrückt Verschiebungen im Untergrund, die meist an der Oberfläche nicht sichtbar sind. Diese Verwerfungen sind zu einem hohen Anteil linksdrehend und als Schlafplatz denkbar ungeeignet. In seltenen Fällen sind Verwerfungen auch rechtsdrehend und daher als zweiter Baustein für uns von Interesse. Diese rechtsdrehenden Verwerfungen haben die außergewöhnliche Eigenschaft, dass sie wasserführende Zonen, die sie kreuzen, von linksdrehend auf rechtsdrehend umpolarisieren; sie funktionieren dabei wie ein Polarisationsumschalter. Dabei entstehen, wie bereits vorab skizziert, rechtsdrehende Wässer, Augenbründl, Heilwässer und Heilige Wässer. Diese rechtsdrehenden Wässer können im Erdreich verbleiben oder als Quellen zutage treten.

In diesem Stadium tritt unser dritter, eher unbekannter Baustein auf den Plan, und zwar die ***Planetenlinie***. Planetenlinien sind linienförmige, geologische Strukturen in unterschiedlicher Länge, die ähnlich Erzadern in größeren Tiefen verlaufen. Die Planetenlinien waren der

Menschheit immer bekannt, allerdings geriet dieses Wissen um die Zeit von Napoleon bzw. der Industrialisierung völlig in Vergessenheit. Erst gegen Ende des 20. Jahrhunderts wurden sie in England vom deutschen Ehepaar Hartmut und Ingeborg Lüdeling wieder entdeckt und erforscht.

Planetenlinien waren vor allem für die Römer sehr wichtig und es gibt praktisch keinen römischen Tempel, der nicht nach einer Planetenlinie ausgerichtet wurde. Planetenlinien verlaufen entweder von Nord nach Süd, von Süd nach Nord, von Ost nach West oder von West nach Ost. Dadurch können Planetenlinienkreuzungen mit einem Winkel von zirka 90 Grad zueinander entstehen. Damit haben wir unseren dritten Baustein, nämlich eine Planetenlinienkreuzung von zwei oder meist mehreren Planetenlinien. Es gibt folgende Planetenlinien: ***Merkur, Venus, Erde, Mars, Jupiter, Saturn, Uranus, Neptun, Pluto, Mond, Sonne, Chiron und Sirius.*** Sobald eine rechtsdrehende, wasserführende Zone eine Planetenlinienkreuzung quert, entsteht ein Kraftplatz.

Es bedurfte einiger Jahre intensiver Forschungsarbeit sowie mehrerer glücklicher Zufälle, bis wir langsam das Geheimnis der Kraftplätze lüften konnten. In diesem Zusammenhang verweisen wir auf die erste von uns verfasste schriftliche Dokumentation über Planetenlinien unter dem Titel ***„Das Geheimnis der Planetenlinien“***, erschienen 2017 in ***„Radiästhesie – Radionik“*** im Verlag RGS, St. Gallen.

Geomantien

Geomantien sind ***Reaktionszonen***, die in Verbindung mit Kultstätten und Pilgerwegen gefunden werden und keinen geologischen Bezug aufweisen. Geomantien sind von Menschenhand künstlich erzeugte, linienförmige Zonen, die aus einem Sender und einem Empfänger bestehen. Es liegt immer eine ungerade Anzahl von parallelen Reaktionszonen vor, die zwischen drei und 13 variieren. Im Laufe unserer Forschungen haben wir bei den Geomantien drei Bereiche festgestellt.

Ein großes Kapitel stellen die ***Pilgerwege*** dar. Auf allen Pilgerwegen wurden von Menschenhand Geomantien errichtet, wobei sich der Sender beim Ziel des Pilgers befindet, wie zum Beispiel in der Basilika in Mariazell in der Steiermark oder in der Kathedrale Santiago de Compostela in Spanien am Endpunkt des Jakobsweges. Der Empfänger wurde am Ausgangspunkt des Pilgerweges errichtet. Die Geomantien stellen eine Art Energieband dar, das auf die Pilger eine gewisse Anziehungskraft ausübt. Früher dienten die Geomantien auch als unsichtbare Orientierungshilfe; heute sind die meisten Pilgerwege vorbildlich markiert.

Der zweite Bereich sind Geomantien in ***Klöstern***. Bei der europaweiten Untersuchung von vielen Klöstern haben wir festgestellt, dass die Mönche das Kloster mit jenen Kirchen mittels Geomantien verbunden haben, in denen sie seelsorgerisch tätig sind.

Ein weiterer Abschnitt sind jene ***Kirchen***, die mittels Geomantien mit anderen Kirchen verbunden wurden. Die Hintergründe sind oft schwer nachzuvollziehen und liegen meist im Dunkel der Geschichte verborgen. In Istrien haben wir ausschließlich die sehr seltenen

13-fachen Geomantien festgestellt. In Österreich haben wir in diesem Zusammenhang nur 11-fache Geomantien gefunden. Weitere Informationen finden Sie in unserem Artikel ***„Lineare Strukturen in der Radiästhesie“***, erschienen in ***„Radiästhesie - Radionik“*** Nr. 294, 1–2/2016 im Verlag RGS, St. Gallen.

Zeitnischen

Als Zeitnische werden jene Punkte bezeichnet, bei denen sich ***während des Hineinversenkens das Zeitempfinden deutlich verändert.*** Alle in diesem Buch vorgestellten Kraftplätze beinhalten eine Zeitnische. Um den Kraftplatz entsteht ein spiralförmiges Energieband mit Fließrichtung im Uhrzeigersinn zum Kraftplatz in einer Breite von drei Zentimetern und einer Höhe von 40 Zentimetern bei unterschiedlichen Längen, die zwischen fünf und 15 Metern variieren. Nähere Details können Sie unserem Artikel ***„Zeitnischen“***, der im Jahr 2016 in „Radiästhesie – Radionik“ im Verlag RGS, St. Gallen, erschienen ist, entnehmen.

Kirchenschwellen

Es wäre absolut falsch anzunehmen, man müsse sich ausschließlich auf Kraftplätzen mit hohen Energiewerten aufhalten. Richtig ist eine Mischung aus Kraftplätzen und aus stark ableitenden Orten. Wenn Sie so richtig aufgedreht sind, wäre es kontraproduktiv, noch zusätzliche Energie auf einem Kraftplatz zu tanken. Vielmehr wäre es von Vorteil, sich auf eine Kirchenschwelle zu stellen, denn diese besitzen die Eigenschaft, dass sie stark ableitend wirken. Meist müssen sie, um in das Kircheninnere zu gelangen, noch über eine oder mehrere Stufen hinabsteigen, was den ***Ableitungseffekt*** noch verstärkt.

Diese ableitende Eigenschaft der Kirchenschwellen wurde von den Baumeistern bewusst angelegt. Der Klerus wollte nicht, dass die Kirchenbesucher ihre Sorgen und Nöte in die Kirche mitnahmen und dadurch abgelenkt wurden.

Kantenstrahlung

In der Radiästhesie gibt es ein Phänomen, das als Kantenstrahlung bezeichnet wird. Befindet sich innerhalb eines Gebäudes eine wasserführende Zone, eine Verwerfung oder ein Kraftplatz, so sind diese Informationen an der Außenseite des Gebäudes an den Außen- und Innenkanten abrufbar. ***Über die Kantenstrahlung ist es möglich, radiästhetische Phänomene zu orten, auch wenn ein Gebäude nicht zugänglich ist.*** Die alten Baumeister machten sich diese Besonderheit zunutze und errichteten viele Campanile auf Kraftplätzen, damit die Informationen des Kraftplatzes bis in großer Höhe über die Außenecken des Uhrturmes abgestrahlt werden. Wir haben dies vor allem bei Kirchtürmen in Italien, Slowenien und Kroatien festgestellt. Die Kantenstrahlung funktioniert nicht bei Säulen oder runden Gebäuden.

Platz der Beredsamkeit

Ein Platz der Beredsamkeit ist eine ***Ortsqualität, die uns von der Natur geschenkt wird.*** An diesen Orten verbessern sich die rhetorischen Fähigkeiten des Redners. Die Kirche hat diese Ortsqualität sehr früh erkannt und wenn es möglich war, die Kanzel einer Kirche auf diesen Plätzen positioniert. Die Grifflängen[1] für einen Platz der Beredsamkeit und einen Blitz der Beredsamkeit sind ident. Anzumerken wäre, dass es unterschiedliche Blitzqualitäten gibt, wie einen Blitz der Eingebung, der Entzündung, der Dehydrierung und Mumifizierung oder eben einen Blitz der Beredsamkeit. Dieses alte Wissen machten sich die Tischler und Zimmerleute, die eine Kanzel aus Holz errichteten, zu Nutze. In vielen Kirchen gibt es keinen Platz der Beredsamkeit oder er befand sich nicht im Bereich der Kanzel. Die Handwerker bauten eine Kanzel, meist aus Fichte oder Eiche. Von einem Baum, in den ein Blitz der Beredsamkeit eingeschlagen hat, fertigten sie zum Beispiel die Einfassungen für Bilder auf der Kanzel und brachten diese an zwei gegenüberliegenden Stellen an der Kanzel an. Damit verfügte die Kanzel über einen künstlich hergestellten Platz der Beredsamkeit. Unsere ersten Forschungen darüber führten wir in der Steiermark bei der Kanzel der Ulrichskirche in Stanz im Mürztal durch.

[1] Als Grifflänge bezeichnet man den Abstand von der Spitze einer Wünschelrute bis zu der Stelle, an der sie gehalten wird.

DANKSAGUNG

Unser Dank gilt allen unseren Lehrern, die uns mit den Grundlagen der Radiästhesie vertraut gemacht haben. ***Ing. Kurt Ebner*** war der Erste, der uns in die Geheimnisse des Rutengehens eingeführt hat. Wir hatten das große Glück, an einigen Exkursionen von ***Dipl.-Ing. Hartmut*** und ***Ingeborg Lüdeling*** teilnehmen zu dürfen. Diese Exkursionen waren zum Teil sehr fordernd und brachten uns fallweise an unsere körperlichen und geistigen Grenzen. Aber ohne Fleiß kein Preis. Wir durften dabei von den beiden Schneider-Schülern[2] das Handwerk der Radiästhesie von der Pike auf lernen und profitieren bis heute von diesen Erkenntnissen. Ein besonders wichtiger Lehrer für uns war ***Ewald Kalteiß.*** In einigen Seminaren und anschließenden Spezialexkursionen hat er immer wieder unsere Neugierde geweckt und uns mit viel Geduld und Einfühlungsvermögen an seinem immensen Wissen teilhaben lassen. Nach diesen Lehr- und Wanderjahren waren wir in der Lage, sprichwörtlich über den Zaun blicken zu dürfen, um uns anschließend intensiv mit eigenen Forschungsprojekten zu beschäftigen.

[2] Der deutsche Physiker Reinhard SCHNEIDER ist einer der Mitbegründer der physikalischen Radiästhesie. Er entwickelt die Lecher-Antenne, eine Vorgängerin der von uns verwendeten H3-Antenne.

LITERATURVERZEICHNIS

Baumgartner, E. (2016). Lineare Strukturen in der Radiästhesie – Planetenlinien – Drachenlinien – Geomantien – Leylines – Tracklines. In: Radiästhesie – Radionik, Verlag RGS, St. Gallen.

Baumgartner, E. (2017). Außergewöhnliche KRAFT-ORTE in der Steiermark. LEYKAM-Verlag, Graz.

Baumgartner, E. (2017). Das Geheimnis der Planetenlinien.In: Radiästesie – Radionik, Verlag RGS, St. Gallen.

Baumgartner, E. (2017). Zeitnischen. Österreichischer Verband für Radiästhesie & Geobiologie, Wien.

Bongart, F. (2003). Kultstätten: Was sie uns verraten. Omega-Verlag, Aachen.

Dalla Via, G. (2012). Lichtwasserorte in Mitteleuropa – Heilendes Wasser von hundert Orten der Kraft. AT-Verlag, Aarau.

Kalteiß, E. (2011). Donnerwetter Wasser. Verlag Ewald Kalteiß, Prien am Chiemsee.

Kaspar, H.-D. (2014). Istrien in prähistorischer Zeit. BoD - Books on Demand, Norderstedt.

Koch, W. (2003). Baustilkunde. Lexikon Institut, Gütersloh/München.

Lips, W. (2014). Istrien Kroatien. Reise Know-How. Verlag Peter Rumpf GmbH, Bielefeld.

Lüdeling, H. (2006). Handbuch der Radiaesthesie – Schwerpunkt Grifflängentechnik. Drachen Verlag, Klein Jasedow.

Lüdeling, I. M. (1998). Zeitnischen – Das verborgene Wissen der Externsteine. Erfahrungswissenschaftlicher Verlag Eike Hensch, Nienburg.

Rohlfs, H.-H. (2013). Istrien. Lexikon mit KOMPASS-Karte 1:75.000. KOMPASS-Karten, Innsbruck.

Schulze, D. (2014). Slowenien. DuMont Reiseverlag, Ostfildern.

Sievers, G. W. (2016). 111 Orte in Istrien die man gesehen haben muss. Emons Verlag GmbH, Köln.

Wengert, V. (2015). Istrien Kvarner-Bucht. Karl Baedeker, Ostfildern.

Als weitere Quellen dienten Informationstafeln vor Ort, bei Bauwerken aufliegendes Informationsmaterial, Unterlagen der Tourismusbüros sowie Informationen aus dem Internet.

freya BUCHTIPPS

Christian Haydn

SCHNOPSROAS

EIN HOCHPROZENTIGER REISEBEGLEITER

Dieser außergewöhnliche Reiseführer besucht die Edelbrennerszene ganz Österreichs, verknüpft diese mit Themen- und Erlebniswegen und wirft auch einen Blick auf die Sehenswürdigkeiten unseres Landes.
Die edlen Tropfen werden nach den üblichen Kriterien genau beschrieben, die Brennerpersönlichkeiten vorgestellt und die – autofreien – Reise und Wanderwege detailliert geschildert. Eine kurzweilige Information, die Lust auf Hochprozentiges aus Österreich macht!

ISBN 978-3-99025-358-8

Astrid Süßmuth

Heilpflanzen am Mittelmeer

ERKENNEN UND ANWENDEN

Wer träumt nicht von Sonne, Strand und Meer? Mit diesem Buch bekommen auch die Pflanzen des Südens ein Gesicht. Die höchst wirksamen Heilkräuter, denen sich die Kräuterexpertin aus München widmet, sind es wert, dass wir sie im Urlaub näher kennenlernen.
Ob Pistazie, Myrte, Platane, Stranddistel, Zistrose – Pflanzen, die auch heute wild nur im Süden wachsen, gibt es noch genug. Diejenigen, welche auch heilende Eigenschaften aufweisen, hat Astrid Süßmuth in kompetenter Art und Weise genau untersucht und Heilrezepte dazu gesammelt. Auch die Mythologie sowie ein Vergleich zwischen Anschauungen alter Heilkundiger und der modernen Biologie und Medizin zu den diversen Pflanzen des Südens kommen nicht zu kurz.

ISBN 978-3-99025-298-7